कफ़न

प्रेमचंद (1880-1936 ई०) विश्वस्तर के महान् उपन्यासकार और कहानीकार थे। उनके उपन्यासों और कहानियों ने हिन्दी के करोड़ों पाठकों को तो प्रभावित किया ही है, भारत की अन्य भाषाओं के पाठकों के हृदयों का स्पर्श भी किया है। उन्होंने संसार की रूसी, फ्रेंच, अंग्रेजी, चीनी, जापानी इत्यादि भाषाओं में हुए अनुवादों के द्वारा विश्व भर में हिंदी का गौरव बढ़ाया है। प्रेमचंद जनता के कलाकार थे। उनकी कृतियों में प्रस्तुत जनता के सुख-दुःख, आशा-आकांक्षा, उत्थान-पतन इत्यादि के सजीव चित्र हमारे रूप को हमेशा छूते रहेंगे। वे रविन्द्र और शरत् के साथ भारत के प्रमुख कथाकार है जिनको पढ़े बिना भारत को समझना संभव वहीं। इसी प्रकार 'कफ़न'। कथाशिल्पी का एक अनूठा कहानी-संग्रह है।

- प्रेमचंद

कफ़न

मुंशी प्रेमचंद

डायमंड बुक्स

www.diamondbook.in

प्रकाशक : डायमंड पॉकेट बुक्स (प्रा.) लि.
X-30 ओखला इंडस्ट्रियल एरिया, फेज-II
नई दिल्ली- 110020
फोन : 011-40712200
ई-मेल : sales@dpb.in
वेबसाइट : www.diamondbook.in

Kafan

By : Munshi Premchand

अनुक्रम

कफ़न

झोंपड़े के द्वार पर बाप और बेटा दोनों एक बुझे हुए अलाव के सामने चुपचाप बैठे हुए थे और अन्दर जवान बेटे की बीवी बुधिया प्रसव-वेदना से पछाड़ खा रही थी। रह-रहकर उसके मुँह से ऐसी दिल हिला देने वाली आवाज निकलती थी, कि दोनों कलेजा थाम लेते थे। जाड़े की रात थी, प्रकृति सन्नाटे में डूबी हुई, सारा गांव अन्धकार में लय हो गया था।

घीसू ने कहा - मालूम होता है, बचेगी नहीं। सारा दिन दौड़ते ही गया, जा देख तो आ।

माधव चिढ़कर बोला - मरना ही है तो जल्दी मर क्यों नहीं जाती? देखकर क्या करूँ?

'तू बड़ा बेदर्द है बे! साल-भर जिसके साथ सुख-चैन से रहा, उसी के साथ इतनी बेवफाई!'

'तो मुझसे तो उसका तड़पना और हाथ-पाँव पटकना नहीं देखा जाता।'

चमारों का कुनबा था और सारे गाँव में बदनाम। घीसू एक दिन काम करता तो तीन दिन आराम करता। माधव इतना कामचोर था कि आध घंटे काम करता तो घंटे-भर चिलम पीता। इसीलिए उन्हें कहीं मज़दूरी नहीं मिलती थी। घर में मुट्ठीभर भी अनाज मौजूद हो, तो उनके लिए काम करने की कसम थी। जब दो-चार फाके हो जाते तो घीसू पेड़ पर चढ़कर लकड़ियाँ तोड़ लाता और माधव बाजार में बेच आता जब तक वह पैसे रहते, दोनों इधर-उधर मारे-मारे फिरते। गाँव में काम की कमी न थी। किसानों का गाँव था, मेहनती आदमी के लिए पचास काम थे। मगर इन दोनों को उस वक्त बुलाते, जब दो आदमियों से एक का काम पाकर भी सन्तोष कर लेने के सिवा और कोई चारा न होता। अगर दोनों साधु होते, तो उन्हें सन्तोष और धैर्य के लिए, संयम और नियम की बिलकुल जरूरत न होती। यह तो इनकी प्रकृति थी। विचित्र जीवन था इनका! घर में मिट्टी के दो-चार बर्तन के सिवा कोई सम्पत्ति नहीं। फटे चीथड़ों से अपनी नग्नता को ढाँके हुए जिये जाते थे। संसार की चिन्ताओं से मुक्त! कर्ज से लदे हुए। गालियाँ भी खाते, मार भी खाते मगर कोई गम नहीं। दीन इतने कि वसूली की बिलकुल आशा न रहने पर भी लोग इन्हें कुछ न कुछ कर्ज दे देते थे। मटर, आलू की फसल में दूसरों के खेतों से मटर या आलू उखाड़ लाते और भून-भानकर खा लेते या दस-पाँच ईखें उखाड़ लाते और रात को चूसते। घीसू ने इसी आकाश-वृत्ति से साठ साल की उम्र काट दी और माधव भी सपूत बेटे की तरह बाप ही के पद चिन्हों पर चल

रहा था, बल्कि उसका नाम और भी उजागर कर रहा था। इस वक्त भी दोनों अलाव के सामने बैठकर आलू भून रहे थे, जो कि किसी खेत से खोद लाये थे। घीसू की स्त्री का तो बहुत दिन हुए देहान्त हो गया था। माधव का ब्याह पिछले साल हुआ था। जब से यह औरत आई थी, उसने इस खानदान में व्यवस्था की नींव डाली थी और इन दोनों बे-गैरतों का दोज़ख भरती रहती थी। जब से वह आई, यह दोनों और भी आराम-तलब हो गए थे। बल्कि कुछ अकड़ने भी लगे थे। कोई कार्य करने को बुलाता, तो निर्ब्याज भाव से दुगनी मजदूरी माँगते। वही औरत आज प्रसव-वेदना से मर रही थी और यह दोनों शायद इसी इन्तजार में थे कि वह मर जाए, तो आराम से सोये।

घीसू ने आलू छीलते हुए कहा - जाकर देख तो, क्या दशा है उसकी? चुड़ैल का फिसाद होगा, और क्या! यहाँ तो ओझा भी एक रुपया माँगता है!

माधव को भय था कि वह कोठरी में गया, तो घीसू आलू का एक बड़ा भाग साफ कर देगा। बोला - मुझे वहां जाते डर लगता है।

'डर किस बात का है, मैं तो यहाँ हूँ ही।'

'तो तुम्हीं जाकर देखो ना।'

'मेरी औरत जब मरी थी, तो मैं तीन दिन तक उसके पास से हिला तक नहीं; और फिर मुझसे लजायेगी कि नहीं? जिसका कभी मुँह नहीं देखा; आज उसका उधड़ा हुआ बदन देखूं उसे तन की सुध भी तो न होगी। मुझे देख लेगी तो खुलकर हाथ-पाँव भी न पटक सकेगी!'

'मैं सोचता हूँ कोई बाल-बच्चा हुआ, तो क्या होगा? सोंठ, गुड, तेल, कुछ भी तो नहीं है घर में!'

'सब-कुछ आ जाएगा। भगवान् दें तो! जो लोग अभी एक पैसा नहीं दे रहे हैं, वे ही कल बुलाकर रुपये देंगे। मेरे नौ लड़के हुए, घर में कभी कुछ न था; मगर भगवान किसी न किसी तरह बेड़ा पार ही लगाया।'

जिस समाज में रात-दिन मेहनत करने वालों की हालात उनकी हालत से कुछ अच्छी न थी, और किसानों के मुकाबले में वे लोग, जो किसानों की दुर्बलताओं से लाभ उठाना जानते थे, कहीं ज्यादा सम्पन्न थे, वहाँ इस तरह की मनोवृत्ति का पैदा हो जाना कोई अचरज की बात न थी। हम तो कहेंगे, घीसू किसानों से कहीं ज्यादा विचारवान् था और किसानों के विचार-शून्य समूह में शामिल होने के बदले बैठकबाजों की कुत्सित मण्डली में जा मिलता था। हाँ, उसमें यह शक्ति न थी कि बैठकबाजों के नियम और नीति का पालन करता। इसलिए जहाँ उसकी मण्डली के और लोग गाँव के सरगना और मुखिया बने हुए

थे, उस पर सारा गाँव उँगली उठाता था। फिर भी उसे यह तस्कीन तो थी ही, कि अगर वह फटेहाल है तो कम से कम उसे किसानों की-सी जी-तोड़ मेहनत तो नहीं करनी पड़ती, और उसकी सरलता और निरीहता से दूसरे लोग बेजा फायदा तो नहीं उठाते। दोनों आलू निकाल-निकालकर जलते-जलते खाने लगे। कल से कुछ नहीं खाया था। इतना सब्र न था कि उन्हें ठण्डा हो जाने दें। कई बार दोनों की जबान जल गई। छिल जाने पर आलू का बाहरी हिस्सा बहुत ज्यादा गर्म न मालूम होता; लेकिन दाँतों के तले पड़ते ही अन्दर का हिस्सा जबान, हलक और तालू जला देता था और उस अंगारे को मुँह में रखने से ज्यादा खैरियत इसी में थी कि वह अन्दर पहुँच जाये। वहाँ उसे ठण्डा करने के लिए काफी सामान थे। इसलिए दोनों जल्द-जल्द निगल जाते। हालाँकि इस कोशिश में उनकी आंखों से आँसू निकल आते।

घीसू को उस वक्त ठाकुर की बारात याद आई, जिसमें बीस साल पहले वह गया था। उस दावत में उसे जो तृप्ति मिली थी, वह उसके जीवन में एक याद रखने लायक बात थी, और आज भी उसकी याद ताजी थी। बोला - वह भोज नहीं भूलता। तब से फिर उस तरह का खाना और भरपेट नहीं मिला। लड़कीवालों ने सबको भरपेट पूड़ियां खिलाई थी, सबको! छोटे-बड़े सबने पूड़ियां खाई और असली घी की! चटनी, रायता, तीन तरह के सूखे साग, एक रसेदार तरकारी, दही, चटनी, मिठाई, अब क्या बताऊँ कि उस भोज में क्या स्वाद मिला, कोई रोक-टोक नहीं थी, जो बीज चाहो, माँगो, जितना चाहो खाओ। लोगों ने ऐसा खाया, ऐसा खाया, कि किसी से पानी न पिया गया।। मगर परोसने वाले हैं कि पत्तल में गर्म-गर्म गोल-गोल सुवासित कचौड़ियाँ डाल देते हैं। मना करते हैं कि नहीं चाहिए, पत्तल को हाथ से रोके हुए हैं, मगर वह हैं कि दिये जाते हैं और जब सबने मुँह धो लिया, तो पान-इलायची भी मिली। मगर मुझे पान लेने की कहाँ सुध थी! खड़ा हुआ न जाता था। झटपट अपने कम्बल पर जाकर लेट गया। ऐसा दिल दरियाव था वह ठाकुर!

माधव ने इन पदार्थों का मन ही मन मजा लेते हुए कहा - अब हमें कोई ऐसा भोज नहीं खिलाता।

'अब कोई क्या खिलायेगा! वह ज़माना दूसरा था। अब तो सबको किफायत सूझती है। शादी-ब्याह में मत खर्च करो। क्रिया-कर्म में मत खर्च करो। पूछो, गरीबों का माल बटोर-बटोर कर कहाँ रखोगे? बटोरने में तो कमी नहीं है। हाँ, खर्च में किफायत सूझती है।'

'तुमने बीस एक पूड़ियों खाई होंगी?'

'बीस से ज्यादा खाई थी!'

'मैं पचास खा जाता!'

'पचास से कम मैंने भी न खाई होंगी। अच्छा पट्ठा था। तू तो मेरा आधा भी नहीं है।'

आलू खाकर दोनों ने पानी पिया और वहीं अलाव के सामने अपनी धोतियाँ ओढ़कर पाँव पेट पर डाले सो रहे। जैसे दो बड़े-बड़े अजगर गेडुलियाँ मारे पड़े हों।

और बुधिया अभी तक कराह रही थी।

2

सबेरे माधव ने कोठरी में जाकर देखा, तो उसकी स्त्री ठण्डी हो गई थी। उसके मुँह पर मक्खियां भिनक रही थीं। पथराई हुई आँखें ऊपर टँगी हुई थी। सारी देह धूल से लथपथ हो रही थी। उसके पेट में बच्चा मर गया था।

माधव भागा हुआ घीसू के पास आया। फिर दोनों जोर-जोर से हाय-हाय करने और छाती पीटने लगे। पड़ोसवालों ने यह रोना-धोना सुना, तो दौड़े हुए आये और पुरानी मर्यादा के अनुसार इन अभागों को समझाने लगे।

मगर ज्यादा रोने-पीटने का अवसर न था। कफ़न और लकड़ी की फिक्र करनी थी। घर में तो पैसा इस तरह गायब था, जैसे चील के घोंसले में मांस!

बाप-बेटे रोते हुए गाँव के जमींदार के पास गये। वह इन दोनों की सूरत से नफरत करते थे। कई बार इन्हें अपने हाथों से पीट चुके थे। चोरी करने के लिए, वादे पर काम पर न आने के लिए। पूछा - क्या है बे धिसुआ, रोता क्यों है? अब तो तू कहीं दिखलाई भी नहीं देता! मालूम होता है, इस गाँव में रहना नहीं चाहता।

घीसू ने जमीन पर सिर रखकर आँखों से आँसू भरे हुए कहा - सरकार! बड़ी विपत्ति में हूँ। माधव की घरवाली गुजर गई। रात-भर तड़पती रही सरकार! हम दोनों उसके सिरहाने बैठे रहे। दवा-दारू जो कुछ हो सका, सब-कुछ किया, पर वह हमें दशा दे गई। अब कोई एक रोटी देनेवाला भी न रहा मालिक! तबाह हो गये। घर उजड़ गया। आपका गुलाम हूँ अब आपके सिवा कौन उसकी मिट्टी पार लगायेगा। हमारे हाथ में जो कुछ था, वह सब तो दवा-दारू में उठ गया। सरकार की ही दया होगी तो उसकी मिट्टी उठेगी। आपके सिवा किसके द्वार पर जाऊँ!

जमींदार साहब दयालु थे। मगर घीसू पर दया करना काले कम्बल पर रंग चढ़ाना था। जी में तो आया, कह दें, चल, दूर हो यहाँ से। यों तो बुलाने से भी नहीं आता, आज जब गरज पड़ी तो आकर खुशामद कर रहा है। हरामखोर कहीं का, बदमाश! लेकिन यह क्रोध या दण्ड का अवसर न था। जी में कुढ़ते हुए दो रुपये निकालकर फेंक दिये। मगर सान्त्वना

का एक शब्द भी मुँह से न निकला। उसकी तरफ ताका तक नहीं। जैसे सिर का बोझ उतारा हो।

जब जमींदार साहब ने दो रुपये दिये, तो गाँव के बनिये-महाजनों को इनकार का साहस कैसे होता? घीसू जमींदार के नाम का ढिंढोरा भी पीटना जानता था। किसी ने दो आने दिये, किसी ने चार आने। एक घंटे में घीसू के पास पाँच रुपये की अच्छी रकम हो गई। कहीं से अनाज मिल गया, कहीं से लकड़ी और दोपहर को घीसू और माधव बाजार से कफ़न लाने चले। इधर लोग बाँस-बाँस काटने लगे।

गाँव की नर्म दिल स्त्रियाँ आ-आकर लाश देखती थी और उसकी बेबसी पर दो बूँद बोए गिराकर चली जाती थी।

3

बाजार में पहुंचकर, घीसू बोला - लकड़ी तो उसे जलाने भर को मिल गई है, क्यों माधव!

माधव बोला - हाँ, लकड़ी तो बहुत है, अब कफ़न चाहिए।

'तो चलो कोई हलका-सा कफ़न ले लें।'

ही, और क्या! लाश उठते-उठते रात हो जायेगी। रात को कफ़न कौन देखता है!'

'कैसा बुरा रिवाज है कि जिसे जीते-जी तन ढाँकने को चीथड़ा भी न मिले, उसे मरने पर नया कफ़न चाहिए।'

'कफ़न लाश के साथ जल ही तो जाता है।'

'और क्या रखा रहता है! यही पाँच रुपये पहले मिलते, तो कुछ दवा-दारू कर लेते।'

दोनों एक दूसरे के मन की बात ताड़ रहे थे। बाजार में इधर-उधर घूमते रहे। कभी इस बजाज की दुकान पर गये, कभी उसकी दुकान पर! तरह-तरह के कपड़े, रेशमी और सूती देखे, मगर कुछ जँचा नहीं। यहाँ तक कि शाम हो गई। तब दोनों न-जाने किस दैवी प्रेरणा से एक मधुशाला के सामने जा पहुँचे और जैसे किसी पूर्व-निश्चित व्यवस्था से अन्दर चले गये। वहाँ जरा देर तक दोनों असमंजस में खड़े रहे। फिर घीसू ने गद्दी के सामने जाकर कहा - साहुजी, एक बोतल हमें भी देना।

उसके बाद कुछ चिखौना आया, तली हुई मछली आई और दोनों बरामदें में बैठकर शान्तिपूर्वक पीने लगे। कई कुज्जियां ताबड़तोड़ पीने के बाद सरूर में आ गये।

घीसू बोला - कफ़न लगाने से क्या मिलता? आखिर जल ही तो जाता। कुछ बहू के साथ तो न जाता।

माधव आसमान की तरफ देखकर बोला, मानो देवताओं को अपनी निष्पापता का साक्षी बना रहा हो - दुनिया का दस्तुर है, नहीं लोग बामनों को हजारों रुपये क्यों दे देते है? कौन देखता है, परलोक में मिलता है या नहीं!

बड़े आदमियों के पास धन है, फूँकें। हमारे पास फूँकने को क्या है।'

'लेकिन लोगों को जवाब क्या दोगे? लोग पूछेंगे नहीं, कफ़न कहाँ है?'

घीसू हँसा - अबे, कह देंगे कि रुपये कमर से खिसक गये। बहुत ढूंढ़ा, मिले नहीं। लोगों को विश्वास नहीं आयेगा, लेकिन फिर वही रुपये देंगे।

माधव भी हँसा - इन अनपेक्षित सौभाग्य पर। बोला - बड़ी अच्छी थी बेचारी! मरी तो खूब खिला-पिलाकर!

आधी बोतल से ज्यादा उड़ गई। घीसू ने दो सेर पूड़ियाँ मँगाई। चटनी, अचार, कलेजियाँ। शराबखाने के सामने ही दुकान थी। माधव लपककर दो पत्तलों में सारे सामान ले आया। पूरा डेढ़ रुपया खर्च हो गया। सिर्फ थोड़े से पैसे बच रहे।

दोनों इस वक्त इस शान से बैठे पूड़ियाँ खा रहे थे जैसे जंगल में कोई शेर अपना शिकार उड़ा रहा हो। न जवाबदेही का खौफ था, न बदनामी की फिक्र। इन सब भावनाओं को उन्होंने बहुत पहले ही जीत लिया था।

घीसू दार्शनिक भाव से बोला - हमारी आत्मा प्रसन्न हो रही है तो क्या उसे पुन्न न होगा?

माधव ने श्रद्धा से सिर झुकाकर तसदीक की - जरूर से जरूर होगा। भगवान्, तुम अन्तर्यामी हो। उसे बैकुण्ठ ले जाना। हम दोनों हृदय से आशीर्वाद दे रहे हैं। आज जो भोजन मिला वह कहीं उम्र-भर न मिला था।

एक क्षण के बाद मन में एक शंका जागी। बोला - क्यों दादा, हम लोग भी एक न एक दिन वहाँ जायेंगे ही?

घीसू ने इस भोले-भाले सवाल का कुछ उत्तर न दिया। वह परलोक की बातें सोचकर इस आनन्द में बाधा न डालना चाहता था।

'जो वहाँ हम लोगों से पूछे कि तुमने हमें कफ़न क्यों नहीं दिया तो क्या कहेंगे?'

'कहेंगे तुम्हारा सिर!'

'पूछेगी तो जरूर!'

'तू कैसे जानता है कि उसे कफ़न न मिलेगा? तू मुझे ऐसा गधा समझता है? साठ साल क्या दुनिया में घास खोदता रहा हूँ? उसको कफ़न मिलेगा और बहुत अच्छा मिलेगा!'

माधव को विश्वास न आया। बोला - कौन देगा? रुपये तो तुमने चट कर दिये। वह तो मुझसे पूछेगी। उसकी माँग में तो सिंदूर मैंने डाला था।

घीसू गर्म होकर बोला - मैं कहता हूँ उसे कफ़न मिलेगा, तू मानता क्यों नहीं?

'कौन देगा, बताते क्यों नहीं?'

'वही लोग देंगे, जिन्होंने अबकी दिया। हाँ, अबकी रुपये हमारे हाथ न आयेंगे।'

ज्यों-ज्यों अँधेरा बढ़ता था और सितारों की चमक तेज होती थी, मधुशाला की रौनक भी बढ़ती जाती थी। कोई गाता था, कोई डींग मारता था, कोई अपने संगी के गले लिपटा जाता था। कोई अपने दोस्त के मुँह में कुम्हड़ लगाये देता था।

वहां के वातावरण में सरूर था, हवा में नशा। कितने तो यहाँ आकर एक चुल्लू में मस्त हो जाते थे। शराब से ज्यादा यहाँ की हवा उन पर नशा करती थी। जीवन की बाधाएँ यहाँ खींच लाती थी और कुछ देर के लिए यह भूल जाते थे कि वे जीते हैं कि मरते हैं। या न जीते है, न मरते हैं।

और यह दोनों बाप-बेटे अब भी मजे ले-लेकर चुसकियाँ ले रहे थे। सबकी निगाहें इनकी ओर जमी हुई थी। दोनों कितने भाग्य के बली हैं! पूरी बोतल बीच में है।

भरपेट खाकर माधव ने बची हुई पूड़ियों का पत्तल उठाकर एक भिखारी को दे दिया, जो खड़ा इनकी ओर भूखी आंखों से देख रहा था। और देने के गौरव, आनन्द और उल्लास का अपने जीवन में पहली बार अनुभव किया।

घीसू ने कहा - ले जा, खूब खा और आशीर्वाद दे। बीवी की कमाई है, वह तो मर गई। मगर तेरा आशीर्वाद उसे जरूर पहुँचेगा। रोयें-रोयें से आशीर्वाद दो, बड़ी गाड़ी कमाई के पैसे है! माधव ने फिर आसमान की तरफ देखकर कहा - वह बैकुण्ठ में जायेगी दादा, बैकुण्ठ की रानी बनेगी।

घीसू खड़ा हो गया और जैसे उल्लास की लहरों में तैरता हुआ बोला - हाँ बेटा, बैकुण्ठ में जायेगी। किसी को सताया नहीं, किसी को दबाया नहीं। मरते-मरते हमारी जिन्दगी की सबसे बड़ी लालसा पूरी कर गई। वह न बैकुण्ठ में जायेगी तो क्या ये मोटे-मोटे लोग जायेंगे, जो गरीबों को दोनों हाथों से लूटते हैं, और अपने पाप को धोने के लिए गंगा में नहाते हैं और मन्दिरों में जल चढ़ाते हैं?

श्रद्धालुता का यह रंग तुरन्त ही बदल गया। अस्थिरता नशे की खासियत है। दुःख और निराशा का दौरा हुआ।

माधव बोला - मगर दादा, बेचारी ने जिन्दगी में बड़ा दुःख भोगा। कितना दुःख झेलकर मरी!

वह आंखों पर हाथ रखकर रोने लगा, चीखें मार-मारकर।

घीसू ने समझाया - क्यों रोता है बेटा, खुश हो कि वह माया-जाल से मुक्त हो गई, जंजाल से छूट गई। बड़ी भाग्यवान थी, जो इतनी जल्द माया-मोह के बन्धन तोड़ दिये।

और दोनों खड़े होकर गाने लगे -

'ठगिनी क्यों नैना झमकावे ठगिनी...!'

पियक्कड़ों की आँखें इनकी ओर लगी हुई थी ओर वे दोनों अपने दिल में मस्त गाये जाते थे। फिर दोनों नाचने लगे। उछले भी, कूदे भी। गिरे भी, मटके भी। भाव भी बनाये, अभिनय भी किये, और आखिर नशे से मदमस्त होकर वहीं गिर पड़े।

***

लेखक

प्रातःकाल महाशय प्रवीण ने बीस दफा उबाली हुई चाय का पाला तैयार किया और बिना शक्कर और दूध के पी गये। यही उनका नाश्ता था। महीनों से मीठी, दूधिया चाय न मिली थी। दूध और शक्कर उनके लिए जीवन के आवश्यक पदार्थों में न थे। घर में गये जरूर, कि पत्नी को जगाकर पैसे माँगे; पर उसे फटे-मैले लिहाफ में निद्रा-मग्न देखकर जगाने की इच्छा न हुई। सोचा, शायद मारे सर्दी के बेचारी को रात भर नींद न आई होगी, इस वक्त जाकर आँख लगी है। कच्ची नींद जगा देना उचित न था। चुपके से चले आये।

चाय पीकर उन्होंने कलम-दवात सँभाली और वह किताब लिखने में तल्लीन हो गये, जो उनके विचार में इस शताब्दी की सबसे बड़ी रचना होगी, जिसका प्रकाशन उन्हें गुमनामी से निकालकर ख्याति और समृद्धि के स्वर्ग पर पहुँचा देगा।

आधे घण्टे बाद पत्नी आँखें मलती हुई आकर बोली - क्या तुम चाय पी चुके?

प्रवीण ने सहास्य मुख से कहा - हाँ, पी चुका। बहुत अच्छी बनी थी।

'पर दूध और शक्कर कहाँ से लाये?'

'दूध और शक्कर तो कई दिन से नहीं मिलता। मुझे आजकल सादी चाय ज्यादा स्वादिष्ट लगती है। दूध और शक्कर मिलाने से उसका स्वाद बिगड़ जाता है। डॉक्टरों की भी यही राय है कि चाय हमेशा सादा पीनी चाहिए। यूरोप में तो दूध का बिलकुल रिवाज नहीं है। यह तो हमारे यहाँ के मधुर-प्रिय रईसों की ईजाद है।'

'जाने तुम्हें फीकी चाय कैसे अच्छी लगती है! मुझे जगा क्यों न लिया? पैसे तो रखे थे।'

महाशय प्रवीण फिर लिखने लगे। जवानी ही में उन्हें यह रोग लग गया था, और आज बीस साल से वह उसे पाले हुए थे। इस रोग में देह घुल गई, स्वास्थ्य घुल गया, और चालीस की अवस्था में बुढ़ापे ने आ घेरा, पर यह रोग असाध्य था। सूर्योदय से आधी रात तक यह साहित्य का उपासक अन्तर्जगत् में डूबा हुआ, समस्त संसार से मुँह मोड़े, हृदय के पुष्प और नैवेद्य बढ़ाता रहता था। पर भारत में सरस्वती की उपासना लक्ष्मी की अभक्ति है। मन तो एक ही था। दोनों देवियों को एक साथ कैसे प्रसन्न करता, दोनों के वरदान का पात्र

क्योंकर बनता? और लक्ष्मी की यह अकृपा केवल धनाभाव के रूप में न प्रकट होती थी। उसकी सबसे निर्दय क्रीड़ा यह थी, कि पत्रों के सम्पादक और पुस्तकों के प्रकाशक उदारतापूर्वक सहृदयता का दान भी न देते थे। कदाचित् सारी दुनिया ने उसके विरुद्ध कोई षड्यंत्र-सा रच डाला था। यहाँ तक कि इस निरन्तर अभाव ने उसमें आत्म-विश्वास को जैसे कुचल दिया था। कदाचित् अब उसे यह ज्ञात होने लगा था, कि उसकी रचनाओं में कोई सार, कोई प्रतिभा नहीं है, और यह भावना अत्यन्त हृदय-विदारक थी। यह दुर्लभ मानव-जीवन यों ही नष्ट हो गया। यह तस्कीन भी नहीं कि संसार ने चाहे उसका सम्मान न किया हो, पर उसकी जीवनकृति इतनी तुच्छ नहीं। जीवन की आवश्यकताएँ घटते-घटते संन्यास की सीमा को भी पार कर चुकी थी। अगर कोई सन्तोष था, तो यह कि उनकी जीवन-सहचरी त्याग और तप में उनसे भी दो कदम आगे थी। सुमित्रा इस दशा में भी प्रसन्न थी। प्रवीणजी को दुनिया से शिकायत पर सुमित्रा हुई वायु की भाँति उन्हें बाहर की ठोकरों से बचाती रहती थी। अपने भाग्य का रोना तो दूर की बात थी, इस देवी ने कभी माथे पर बल भी न आने दिया।

सुमित्रा ने चाय का पाला समेटते हुए कहा - तो जाकर घण्टा-आध प्रथा कहीं घूम-फिर क्यों नहीं आते? जब मालूम हो गया, कि प्राण देकर काम करने से भी कोई नतीजा नहीं, तो व्यर्थ क्यों सिर खपाते हो?

प्रवीण ने बिना मस्तक उठाये, कागज पर कलम चलाते हुए कहा - लिखने में कम से कम यह सन्तोष तो होता है कि कुछ कर रहा हूं। सैर करने में तो मुझे ऐसा जान पड़ता है, कि समय का नाश कर रहा हूँ।

'यह इतने पढ़े-लिखे आदमी नित्य-प्रति हवा खाने जाते है, तो अपने समय का नाश करते है?'

'मगर इनमें अधिकांश वहीं लोग हैं, जिनके सैर करने से उनकी आमदनी में बिलकुल कमी नहीं होती। अधिकांश तो सरकारी नौकर हैं, जिनको मासिक वेतन मिलता है, या ऐसे पेशे के लोग हैं, जिनका लोग आदर करते हैं। मैं तो मिल का मजूर हूँ। तुमने किसी मजूर को हवा खाते देखा है? जिन्हें भोजन की कमी नहीं, उन्हीं को हवा खाने की भी जरूरत है। जिनको रोटियों के लाले हैं, वे हवा खाने नहीं जाते। फिर स्वास्थ्य और जीवनवृद्धि की जरूरत उन लोगों को है जिनके जीवन में आनन्द और स्वाद है। मेरे लिए तो जीवन भार है। इस भार को सिर पर कुछ दिन और बनाये रहने की अभिलाषा मुझे नहीं है।

सुमित्रा ने निराशा में डूबे हुए शब्द सुनकर खो में आंसू भरे अन्दर चली गई। उसका दिल कहता था, इस तपस्वी की कीर्ति-कौमुदी एक दिन अवश्य फैलेगी, चाहे लक्ष्मी की अकृपा बनी रहे। किन्तु प्रवीण महोदय अब निराशा की उस सीमा तक पहुंच चुके थे, जहां से प्रतिकूल दिशा में उदय होने वाली आशामय उषा की लाली भी नहीं दिखाई देती थी।

2

एक रईस के यहाँ कोई उत्सव है। उसने महाशय प्रवीण को भी निमन्त्रित किया है। आज उनका मन आनन्द के घोड़े पर बैठा हुआ नाच रहा है। सारे दिन वह इसी कल्पना में मग्न रहे। राजा साहब किन शब्दों में उनका स्वागत करेंगे और वह किन शब्दों में उनको धन्यवाद देंगे, किन प्रसंगों पर वार्तालाप होगा, और वहाँ किन महानुभावों से उनका परिचय होगा, सारे दिन वह इन्हीं कल्पनाओं का आनन्द उठाते रहे। इस अवसर के लिए उन्होंने एक कविता भी रची, जिसमें उन्होंने जीवन की एक उद्यान से तुलना की थी। अपनी सारी धारणाओं की उन्होंने आज उपेक्षा कर दी, क्योंकि रईसों के मनोभावों को वह आघात न पहुँचा सकते थे।

दोपहर ही से उन्होंने तैयारियाँ शुरू कर की। हजामत बनाई, साबुन से नहाया, सिर में तेल डाला। मुश्किल कपड़ों की थी। मुद्दत गुजरी, जब उन्होंने एक अचकन बनवाई थी। उसकी दशा भी उन्हीं की दशा जैसी जीर्ण हो चुकी थी। जैसे जरा-सी सर्दी या गर्मी से उन्हें जुकाम या सिर-दर्द हो जाता था, उसी तरह वह अचकन भी नाजुक-मिज़ाज थी। उसे निकाला और झाड़ू पोंछकर रखा।

सुमित्रा ने कहा - तुमने व्यर्थ ही यह निमंत्रण स्वीकार किया। लिख देते, मेरी तबियत अच्छी नहीं है। इन फटेहालों में जाना तो और भी बुरा है।

प्रवीण ने दार्शनिक गम्भीरता से कहा - जिन्हें ईश्वर ने हृदय और परख दी है, वे आदमियों की पोशाक नहीं देखते - उनके गुण और चरित्र देखते हैं। आखिर कुछ बात तो है, कि राजा साहब ने मुझे निमन्त्रित किया। मैं कोई ओहदेदार नहीं, जमींदार नहीं, जागीरदार नहीं, ठेकेदार नहीं, केवल एक साधारण लेखक हूँ। लेखक का मूल्य उसकी रचनाएँ होती है। इस एतबार से मुझे किसी भी लेखक से लज्जित होने का कारण नहीं है।

सुमित्रा उनकी सरलता पर दया करके बोली - तुम कल्पनाओं के संसार में छूते-रहते प्रत्यक्ष संसार से अलग हो गये हो। मैं कहती हूँ राजा साहब के यहाँ लोगों की निगाह सबसे

ज्यादा कपड़ों पर पड़ेगी। सरलता जरूर अच्छी चीज है, पर इसका अर्थ यह तो नहीं कि आदमी फूहड़ बन जाये।

प्रवीण को इस कथन में कुछ सार जान पड़ा। विद्वज्जनों की भांति उन्हें भी अपनी भूलों को स्वीकार करने में कुछ विलम्ब न होता था। बोले - मैं समझता हूँ दीपक जल जाने के बाद जाऊँ।

'मैं तो कहती हूँ जाओ ही क्यों?'

'अब तुम्हें कैसे समझाऊँ, प्रत्येक प्राणी के मन में आदर और सम्मान की एक सुधा होती है। तुम पूछोगी, यह क्षुधा क्या होती है? इसलिए कि यह हमारे आत्मविश्वास की एक मंजिल है। हम उस महान् सत्ता के सूक्षांश है, जो समस्त ब्रह्मांड में व्याप्त है। अंश में पूर्ण गुणों का होना लाजिमी है। इसलिए कीर्ति और सम्मान, आत्मोन्नति और ज्ञान की ओर हमारी स्वाभाविक रुचि है। मैं इस लालसा को बुरा नहीं समझता।

सुमित्रा ने गला छुड़ाने के लिए कहा - अच्छा भाई, जाओ। मैं तुमसे बहस नहीं करती, लेकिन कल के लिए कोई व्यवस्था करते आना, क्योंकि मेरे पास केवल एक आना और रह गया है। जिनसे उधार मिल सकता था, उनसे ले चुकी और जिससे लिया उसे देने की नौबत नहीं आई। मुझे तो और अब कोई उपाय नहीं सूझता।

प्रवीण ने एक क्षण के बाद कहा - दो-एक पत्रिकाओं से मेरे लेखों के रुपये आनेवाले हैं। शायद कल तक आ जायँ। और अगर कल उपवास ही करना पड़े तो क्या चिंता! हमारा धर्म है काम करना। हम काम करते हैं और तन-मन से करते हैं। अगर इस पर भी हमें फाका करना पड़े तो मेरा दोष नहीं। मर ही तो जाऊँगा। हमारे जैसे लाखों आदमी रोज मरते हैं। संसार का काम ज्यों का त्यों चलता रहता है। फिर इसका क्या गम कि हम भूखों मर जायेंगे? मौत डरने की वस्तु नहीं है। मैं तो कबीरपंथियों का कायल हूँ जो अर्थी को गाते-बजाते ले जाते हैं। मैं इससे नहीं डरता। तुम्हीं कहो, मैं जो कुछ करता हूँ इससे अधिक और कुछ मेरी शक्ति के बाहर है या नहीं। सारी दुनिया मीठी नींद सोती होती है और मैं कलम लिये बैठा रहता हूँ। लोग हँसी-दिल्लगी, आमोद-प्रमोद करते रहते हैं, मेरे लिए वह सब हराम है। यहाँ तक कि महीनों से हँसने की नौबत नहीं आई। होली के दिन भी मैंने तातील नहीं मनाई। बीमार भी होता हूँ तो लिखने की फिक्र सिर पर सवार रहती है। सोचो, तुम बीमार थी और मैं वैद्य के यहाँ जाने के लिए समय न पाता था। अगर दुनिया नहीं कदर करती, न करे। इसमें

दुनिया का नुकसान है। मेरी कोई हानि नहीं। दीपक का काम है जलना। उसका प्रकाश फैलता है या उसके सामने कोई ओट है, उसे इससे प्रयोजन नहीं।

मेरा भी ऐसा कौन मित्र परिचित या सम्बन्धी है, जिसका मैं आभारी नहीं? यहाँ तक कि अब घर से निकलते शर्म आती है। सन्तोष इतना ही है कि लोग मुझे बदनीयत नहीं समझते। वे मेरी कुछ अधिक मदद न कर सकें, पर उन्हें मुझसे सहानुभूति अवश्य है। मेरी खुशी के लिए इतना ही काफी है कि आज वह अवसर तो आया कि एक रईस ने मेरा सम्मान किया।

फिर सहसा उन पर एक नशा-सा छा गया। गर्व से बोले - नहीं, मैं अब रात को न जाऊँगा। मेरी गरीबी अब रुसवाई की हद तक पहुँच चुकी है। उस पर परदा डालना व्यर्थ है। मैं इसी वक्त जाऊँगा। जिसे रईस और राजे आमन्त्रित करें, वह कोई ऐसा-वैसा आदमी नहीं हो सकता। राजा साहब कोई साधारण रईस नहीं हैं। वह इस नगर के ही नहीं, भारत के विख्यात रईसों में हैं। अगर अब भी कोई मुझे नीचा समझे, तो वह खुद नीचा है।

3

संध्या का समय है। प्रवीणजी अपनी फटी-पुरानी अचकन और सड़े हुए जूते और बेढंगी-सी टोपी पहने दर से निकले। खामखाह बांगड़ू उचक्के-से मालूम होते थे। डील-डौल और चेहरे-मुहरे के आदमी होते तो इस ठाठ में भी एक शान होती। भूलता स्वयं रौब डालने वाली वस्तु है। पर साहित्य सेवा और भूलता में विरोध है। अगर कोई साहित्य-सेवी मोटा-ताजा, डबल आदमी है, .तो समझ लो, उसमें माधुर्य नहीं, लोच नहीं, हृदय नहीं। दीपक का काम है, जलना। दीपक वहीं लबालब भरा होगा, जो जला न हो। फिर भी आप अकड़े जाते हैं एक-एक अंग से गर्व टपक रहा है।

यों घर से निकलकर वह दुकानदारों से आँखें चुराते, गलियों से निकल जाते थे। पर आज वह गर्दन उठाये, उनके सामने से जा रहे हैं। आज वह उनके तकाजों का दन्दाँशिकन जवाब देने को तैयार हैं। पर संध्या का समय है, हरेक दुकान पर ग्राहक बैठे हुए हैं। कोई उनकी तरफ नहीं देखता। जिस रकम को वह अपनी हीनावस्था में दुर्विचार समझते थे, वह दुकानदारों की निगाह में इतनी जोखिम न थी, कि एक जाने-पहचाने आदमी को सरे-बाजार टोकते, विशेषकर जब वह आज किसी से मिलने जाते हुए मालूम होते थे।

प्रवीण ने एक बार सरे-बाजार का चक्कर लगाया, पर जी न भरा। तब दूसरा चक्कर लगाया, पर वह भी निष्फल। तब वह खुद हाफिज समद की दुकान पर जाकर खड़े से गये। हाफिज्जी बिसाते का कारोबार करते थे। बहुत दिन हुए, प्रवीण इस दुकान से एक छतरी ले गये थे और अभी तक दाम न चुका सके थे, प्रवीण को देखकर बोले - महाशयजी, अभी तक छतरी के दाम नहीं मिले। ऐसे सौ-पचास ग्राहक मिल जायँ, जो दिवाला ही हो जाये। अब तो बहुत दिन हुए।

प्रवीण की बाछें खिल गई। दिली मुराद पूरी हुई। बोले - मैं भूला नहीं हूँ हाफिज्जी, इन दिनों काम इतना ज्यादा था कि घर से निकलना मुश्किल था। रुपये तो नहीं हाथ आते, पर आपकी दुआ से कदरशिनासों की कमी नहीं। दो-चार आदमी घेरे ही रहते हैं। इस वक्त भी राजा साहब - अजी वही जो नुक्कड़वाले बँगले में रहते हैं - उन्हीं के यहाँ जा रहा हूँ। दावत है। रोज ऐसा कोई-न-कोई मौका आता ही रहता है।

हाफिज समद प्रभावित होकर बोले - अच्छा! आप राजा साहब के यहाँ तशरीफ़ ले जा रहे हैं! ठीक है, आप जैसे बाकमालों की कदर रईस ही कर सकते है, और कौन करेगा? सुभानअल्लाह! आप इस जमाने में यकता हैं। अगर कोई मौका हाथ आ जाये, तो गरीबों को न भूल जाइएगा। राजा साहब की अगर इधर निगाह हो जाये, तो फिर क्या पूछना! एक पूरा बिसाता तो उन्हीं के लिए चाहिए। ढाई-तीन लाख सालाना आमदनी है।

प्रवीण को ढाई-तीन लाख कुछ तुच्छ जान पड़े। जुबानी जमा खर्च है, तो दस-बीस-लाख कहने से क्या हानि? बोले ढाई तीन लाख! आप तो उन्हें गालियाँ देते हैं। उनकी आमदनी दस लाख से कम नहीं! एक साहब का अन्दाज तो बीस लाख का है। इलाका है, मकानात हैं, दुकानें हैं, ठेका है, अमानती रुपये हैं और फिर सबसे बड़ी सरकार बहादुर की निगाह है।

हाफिज ने बड़ी नम्रता से कहा - यह दुकान आप ही की है जनाब, बस इतनी ही अरज है। अरे मुरादी, जरा दो पैसे के अच्छे-से पान तो बनवा ला, आपके लिए। आइए, दो मिनट बैठिए। कोई चीज पसन्द हो तो दिखाऊँ। आपसे तो घर का वास्ता है।

प्रवीण ने पान खाते हुए कहा - इस वक्त तो मुआफ रखिए। वहाँ देर होगी। फिर कभी हाजिर हूंगा।

यहाँ से उठकर वह एक कपड़े वाले की दुकान के सामने रुके। मनोहरदास नाम था। इन्हें खड़े देखकर आंखें उठाई। बेचारा इनके नाम को रो बैठा था। समझ लिया, शायद इस

शहर में है ही नहीं। समझा रुपये देने आये हैं। बोले - भाई प्रवीणजी, आपने तो बहुत दिनों दर्शन ही नहीं दिये। रुक्का कई बार भेजा, मगर प्यादे को आपके घर का पता ही न मिला। मुनीमजी, जरा देखो तो आपके नाम क्या है।

प्रवीण के प्राण तकाजों से सूख जाते थे, पर आज वह इस तरह खड़े थे, मानों उन्होंने कवच धारण कर लिया है, जिस पर किसी अस्त्र का आघात नहीं हो सकता। बोले - जरा इन राजा साहब के यहाँ से लौट आऊँ, तो निश्चित होकर बैठूँ। इस समय जल्दी में हूँ। राजा साहब पर मनोहरदास के कई हजार रुपये आते थे। फिर भी उनका दामन न छोड़ता था। एक के तीन वसूल करता। उसने प्रवीणजी को ऊँची श्रेणी में रखा जिसका पेशा रईसों को लूटना है। बोला - ''पान तो खाते जाइए महाशय!" राजा साहब एक दिन के हैं। हम तो बारहों मास के हैं, भाई साहब! कुछ कपड़े दरकार हों तो ले जाइए। अब तो होली आ रही है। मौका हो, तो जरा राजा साहब के खजानची से कहिएगा, पुराना हिसाब बहुत दिन से पड़ा हुआ है, अब तो सफाई हो जाये! हम सब ऐसा कौन-सा नफा लेते है, कि दो-दो साल हिसाब ही न हो?

प्रवीण ने कहा - इस समय तो पान-वान रहने दो भाई। देर हो जायेगी। जब उन्हें मुझसे मिलने का इतना शौक है और मेरा इतना सम्मान करते हैं, तो अपना भी धर्म है कि उनको मेरे कारण कष्ट न हो। हम तो गुणग्राहक चाहते हैं, दौलत के भूखे नहीं। कोई अपना सम्मान करें, तो उसकी गुलामी करें। अगर किसी को रियासत का घमंड हो, तो हमें उसकी परवाह नहीं।

4

प्रवीणजी राजा साहब के विशाल भवन के सामने पहुँचे, तो दीये जल चुके थे। अमीरों और रईसों की मोटरें खड़ी थी। वरदी-पोश दरबान द्वार पर खड़े थे। एक सज्जन मेहमानों का स्वागत कर रहे थे। प्रवीणजी को देखकर वह जरा झिझके। फिर उन्हें सिर से पाँव तक देखकर बोले - आपके पास नवेद है?

प्रवीण की जेब में नवेद था। पर इस भेदभाव पर उन्हें क्रोध आ गया। उन्हीं से क्यों नवेद माँगा जाय? औरों से भी क्यों न पूछा जाये? बोले - जी नहीं, मेरे पास नवेद नहीं है। अगर आप अन्य महाशयों से माँगते हों, तो मैं भी दिखा सकता हूँ। वरना मैं इस भेद को अपने लिए अपमान की बात समझाता हूँ। आप राजा साहब से कह दीजिए, प्रवीणजी आये थे और द्वार से लौट गये।"

''नहीं-नहीं, महाशय अन्दर चलिए। मुझे आप से परिचय न था। बेअदबी माफ कीजिए। आप ही ऐसे महानुभावों से तो महफिल की शोभा है। ईश्वर ने आपको यह वाणी प्रदान की है, कि क्या कहना!"

इस व्यक्ति ने प्रवीण को कभी न देखा था। लेकिन जो कुछ उसने कहा, वह हरेक साहित्य-सेवी के विषय में कह सकते हैं, और हमें विश्वास है कि कोई साहित्य-सेवी इस दाद की उपेक्षा नहीं कर सकता।

प्रवीण अन्दर पहुँचे तो देखा, बारहदरी के सामने विस्तृत ओर सुसज्जित प्रांगण में बिजली के कुमकुमे अपना प्रकाश फैला रहे हैं। मथ में एक हौज है, हौज में संगमरमर की परी, परी के सिर पर फौवारा, फौवारे की सुधारे रंगीन कुमकुमों से रंजित होकर ऐसी माह होती थी, मानो इंद्रधनुष पिघलकर ऊपर से बरस रहा है। हौज के चारों ओर मेजें लगी हुई थी। मेजों पर सफेद मेजपोश, ऊपर सुन्दर गुलदस्ते।

प्रवीण को देखते ही राजा साहब ने स्वागत किया - आइए, आइए! अबकी ''हंस" में आपका लेख देखकर दिल फड़क उठा। मैं तो चकित हो गया। मालूम ही न था, कि इस नगर में आप जैसे रत्न भी छिपे हुए हैं।

फिर उपस्थित सज्जनों से उनका परिचय देने लगे - आपने महाशय प्रवीण का नाम तो सुना होगा। वह आप ही हैं। क्या माधुर्य है, क्या ओज है, क्या भाव है; क्या भाषा है, क्या सूझ है, क्या चमत्कार है, क्या प्रवाह है कि वाह! वाह! मेरी तो आत्मा जैसे नृत्य करने लगती है।

एक सज्जन ने, जो अंग्रेजी सूट में थे, प्रवीण को ऐसी निगाह से देखा मानो वह चिड़िया-घर के कोई जीव हो और बोले - आपने अंग्रेजी के कवियों का भी अध्ययन किया है - बायरन, शैली, कीट्स आदि।

प्रवीण ने रुखाई से जवाब दिया - जी हाँ, थोड़ा बहुत देखा तो है।

'आप इन महाकवियों में से किसी की रचनाओं का अनुवाद कर दें, तो आज हिन्दी भाषा की अमर सेवा हो।'

प्रवीण अपने को बायरन, शैली आदि से जौ-भर भी कम न समझते थे। वह अंग्रेजी के कवि थे। उनकी भाषा, शैली, विषय-व्यंजना सभी अंग्रेजों की रुचि के अनुकूल था।

उनका अनुवाद करना वह अपने लिए गौरव की बात न समझते थे, बोले - हमारे यहाँ आत्म-दर्शन का अभी इतना अभाव नहीं है कि हम विदेशी कवियों से भिक्षा माँगे। मेरा विचार है कि कम-से-कम इस विषय में भारत अब भी पश्चिम को कुछ सिखा सकता है।

यह अनर्गल बात थी। अंग्रेजी के भक्त महाशय ने प्रवीण को पागल समझा।

राजासाहब ने प्रवीण को ऐसी आँखों से देखा, जो कह रही थी - जरा मौका-महल देखकर बातें करो! और बोले - अंग्रेजी साहित्य का क्या पूछना! कविता में तो वह अपना जोड़ नहीं रखता।

अंग्रेजी के भक्त महाशय ने प्रवीण को सगर्व नेत्रों से देखा - हमारे कवियों ने अभी तक कविता का अर्थ ही नहीं समझा। अभी तक वियोग और नख-शिख को कविता का आधार बनाये हुए हैं।

प्रवीण ने ईंट का जवाब पत्थर से दिया - मेरा विचार है कि आपने वर्तमान कवियों का अध्ययन नहीं किया, या किया तो उतरी आँखों से।

राजा साहब ने अब प्रवीण की जबान बन्द कर देने का निश्चय किया - आप मिस्टर परांजपे हैं, प्रवीणजी! आपके लेख अंग्रेजी पत्रों में छपते हैं और बड़े आदर की दृष्टि से देखे जाते हैं।

उसका आशय यह था, कि अब आप न बहकिये।

प्रवीण समझ गये। परांजपे के सामने उन्हें नीचा देखना पड़ा। विदेशी वेश-भूषा और भाषा का यह भक्त जाति द्रोही होकर भी इतना सम्मान पाये, यह उनके लिए असह्य था। पर करते क्या!

उसी भेष के एक दूसरे सज्जन आये। राजा साहब ने तपाक से उनका अभिवादन किया - आइए डॉक्टर वह! कैसे मिज़ाज हैं? डॉक्टर साहब ने राजा साहब से हाथ मिलाया और फिर प्रवीण की ओर जिज्ञासा भरी आंखों से देखकर पूछा - आपकी तारीफ?

राजा साहब ने प्रवीण का परिचय दिया आप महाशय प्रवीण है। आप भाषा के अच्छे कवि और लेखक हैं।

डॉक्टर साहब ने एक खास अन्दाज से कहा - अच्छा! आप कवि है! और बिना कुछ पूछे आगे बढ़ गये।

फिर उसी भेस के एक महाशय पधारे। यह नामी बैरिस्टर थे। राजा साहब ने उनसे भी प्रवीण का परिचय कराया। उन्होंने भी उसी अन्दाज से कहा - अच्छा, आप कवि हैं? और आगे बढ़ गये। यही अभिनय कई बार हुआ। और हर बार प्रवीण को यही दाद मिली - 'अच्छा! आप कवि हैं?'

यह वाक्य हर बार प्रवीण के हृदय पर एक नया आघात पहुँचाता था। उसके नीचे जो भाव था उसे प्रवीण खूब समझते थे। उसका सीधा-सादा आशय यह था कि तुम अपने खयाली पुलाव पकाते हो, पकाओ। यहाँ तुम्हारा क्या प्रयोजन? तुम्हारा इतना साहस कि तुम इस सभ्य समाज में बेधड़क आओ।

प्रवीण मन ही मन अपने ऊपर झुंझला रहे थे। निमंत्रण पाकर उन्होंने अपने को धन्य माना था, पर यहाँ आकर उनका जितना अपमान हो रहा था, उसके देखते तो वह सन्तोष की कुटिया स्वर्ग थी। उन्होंने अपने मन को धिक्कारा - तुम जैसे सम्मान के लोभियों का यह दण्ड है। अब तो आंखें खुली, कितने सम्मान के पात्र हो! तुम इस स्वार्थमय संसार में किसी के काम नहीं आ सकते। वकील-बैरिस्टर को तुम्हारे द्वारा कोई मुकदमा पाने की आशा है? डॉक्टर या हकीम तुम्हारा सम्मान क्यों करे? तुम उनके मुवक्किल नहीं हो सकते, वे तुम्हारा सम्मान क्यों करें? उन्हें तुम्हारे घर बिना फीस आने की इच्छा नहीं। तुम लिखने के लिए बने हो, लिखे जाओ बस, और संसार में तुम्हारा कोई प्रयोजन नहीं।

सहसा लोगों में हलचल पड़ गई। आज के प्रधान अतिथि का आगमन हुआ। यह महाशय हाईकोर्ट के जज नियुक्त हुए थे। इसी उपलक्ष्य में यह जलसा हो रहा था। राजा साहब ने लपककर जल्द हाथ मिलाया और आकर प्रवीणजी से बोले - आप अपनी कविता तो लिख ही लाये होंगे?

प्रवीण ने कहा - मैंने कोई कविता नहीं लिखी।

'सच! तब तो आपने गजब ही कर दिया। अरे भले आदमी, अब से कोई चीज लिख डालो। दो-ही चार पंक्तियाँ हो जायँ, बस! ऐसे अवसर पर एक कविता का पढ़ा जाना लाजिमी है।'

'मैं इतनी जल्दी कोई चीज नहीं लिख सकता।'

'मैंने व्यर्थ ही इतने आदमियों से आपका परिचय कराया?'

'बिलकुल व्यर्थ।'

'अरे भाई जान, किसी प्राचीन कवि की ही कोई चीज सुना दीजिए। यहाँ कौन जानता है।'

'जी नहीं, क्षमा कीजिएगा। मैं भाट नहीं हूँ न कथक हूँ।'

यह कहते हुए प्रवीणजी तुरन्त वहाँ से चल दिये। घर पहुँचे तो उनका चेहरा खिला हुआ था।

सुमित्रा ने प्रसन्न होकर पूछा -'इतनी जल्दी कैसे आ गये?'

'मेरी वहाँ कोई जरूरत न थी।'

'चलो, चेहरा खिला हुआ है खूब सम्मान हुआ होगा।'

हाँ, सम्मान तो जैसी आशा न थी, वैसा हुआ।'

'खुश बहुत हो।'

'इसी से कि आज मुझे हमेशा के लिए सबक मिल गया। मैं दीपक हूँ और जलने के लिए बना हूँ। आज मैं इस तत्व को भूल गया था। ईश्वर ने मुझे ज्यादा बहकने न दिया। मेरी यह कुटिया ही मेरे लिए स्वर्ग है। मैं आज यह तत्व पा गया कि साहित्य-सेवा पूरी तपस्या है।'

***

जुर्माना

ऐसा शायद ही कोई महीना जाता कि अलारक्खी के वेतन से कुछ जुर्माना न कट जाता। कभी-कभी तो उसे 6 के 5 ही मिलते, लेकिन वह सब कुछ सहकर भी सफाई के दारोगा मु० खैरात अली खाँ के चुंगल में कभी न आती। खाँ साहब की मातहती में सैकड़ों मेहतरानियाँ थी। किसी की भी तलब न कटती, किसी पर जुर्माना न होता, न डाँट ही पड़ती। खाँ साहब नेकनाम थे, दयालु थे। मगर अलारक्खी उनके हाथों बराबर ताड़ना पाती रहती थी। वह कामचोर नहीं थी, बेअदब नहीं थी, फूहड़ नहीं थी, बदसूरत भी नहीं थी; पहर रात को इस ठण्ड के दिनों में वह झाड़ू लेकर निकल जाती और नौ बजे तक एक-चित्त होकर सड़क पर झाड़ू लगाती रहती। फिर भी उस पर जुर्माना हो जाता। उसका पति हुसेनी भी अवसर पाकर उसका काम कर देता, लेकिन अलारक्खी की किस्मत में जुर्माना देना था। तलब का दिन औरों के लिए हँसने का दिन था, अलारक्खी के लिए रोने का। उस दिन उसका मन जैसे सूली पर टंगा रहता। न जाने कितने पैसे कट जायेंगे? वह परीक्षावाले छात्रों की तरह बार-बार जुर्माना की रकम का तखमीना करती।

उस दिन वह थककर जरा दम लेने के लिए बैठ गई थी। उसी वक्त दारोगाजी अपने इक्के पर आ रहे थे। वह कितना कहती रही हजूर आली; मैं फिर काम करूँगी, लेकिन उन्होंने एक न सुनी थी, अपनी किताब में उसका नाम नोट कर लिया था। उसके कई दिन बाद फिर ऐसा ही हुआ। वह हलवाई से एक पैसे के बड़े लेकर खा रही थी। उसी वक्त दारोगा न जाने किधर से निकल पड़ा था और फिर उसका नाम लिख लिया गया था। न जाने कहीं छिपा रहता है! जरा भी सुस्ताने लगे कि भूत की तरह आकर खड़ा हो जाता है। नाम तो उसने दो ही दिन लिखा था, पर जुर्माना कितना करता है - अल्ला जाने! आठ आने से बढ़कर एक रुपया न हो जाये। वह सिर झुकाये वेतन लेने जाती और तखमींने से कुछ ज्यादा ही कटा हुआ पाती। काँपते हुए हाथों से रुपये लेकर आंखों में आँसू भरे लौट आती। किससे फरियाद करे, दरोगा के सामने उसकी सुनेगा कौन?

आज फिर वही तलब का दिन था। इस महीने में उसकी दूध पीती बच्ची को खाँसी और ज्वर आने लगा था। ठंड भी खूब पड़ी थी। कुछ तो ठंड के मारे और कुछ लड़की के रोने-चिल्लाने के कारण उसे रात-रातभर जागना पड़ता था। कई दिन काम पर जाने में देर हो गई थी। दारोगा ने उसका नाम लिख लिया था। अबकी आधे रुपये कट जायेंगे। आधे भी मिल जायँ तो गनीमत है। कौन जाने कितना कटा है? उसने तड़के बच्ची को गोद में

उठाया और झाड़ू लेकर सड़क पर जा पहुँची। मगर वह दुष्ट गोद से उतरती ही न थी। उसने बार-बार दारोगा के आने की धमकी दी - अभी आता होगा, मुझे भी मारेगा, तेरे भी नाक-कान काट लेगा। लेकिन लड़की को अपने नाक-कान कटवाना मंजूर था, गोद से उतरना मंजूर न था; आखिर जब वह डराने-धमकाने, प्यारने-पुचकारने, किसी उपाय से न उतरी तो अलारक्खी ने उसे गोद से उतार दिया और उसे रोती-चिल्लाती छोड़कर झाड़ू लगाने लगी। मगर वह अभागिनी एक जगह बैठकर मन-भर रोती भी न थी। अलारक्खी के पीछे लगी हुई बार-बार उसकी साड़ी पकड़कर खींचती, उसकी टाँग से लिपट जाती, फिर जमीन पर लोट जाती और एक क्षण में उठकर फिर रोने लगती।

उसने झाड़ू तानकर कहा - चुप हो जा, नहीं तो झाड़ू से मारूँगी, जान निकल जायेगी; अभी दारोगा दाढ़ीजार आता होगा...

पूरी धमकी मुँह से निकल भी न पाई कि दारोगा खैरातअली खाँ सामने आकर साइकिल से उतर पड़ा। अलारक्खी का रंग उड़ गया, कलेजा धक्-धक् करने लगा! या मेरे अल्लाह, कहीं इसने सुन न लिया हो! मेरी आंखें फूट जायँ। सामने से आया और मैंने देखा नहीं। कौन जानता था, आज पैरगाड़ी पर आ रहा है? रोज तो इक्के पर आता था। नाड़ियों में रक्त का दौड़ना बन्द हो गया। झाड़ू हाथ में लिए निःस्तब्ध खड़ी रह गई।

दारोगा ने डाँटकर कहा - काम करने चलती है तो एक पुछल्ला साथ ले लेती है। इसे घर पर क्यों नहीं छोड़ आई?

अलारक्खी ने कातर स्वर में कहा - इसका जी अच्छा नहीं है हुजूर घर पर किसके पार छोड़ आती!

'क्या हुआ है इसको?'

'बुखार आता है हुजूर!'

'और तू इसे यों छोड़कर रुला रही है। मरेगी कि जियेगी?'

'गोद में लिये-लिये काम कैसे करूँ हुजूर!'

'छुट्टी क्यों नहीं ले लेती?'

'तलब कट जाती हुजूर, गुजारा कैसे होता?'

'इसे उठा ले और घर जा। हुसेनी लौटकर आये तो इधर झाड़ू लगाने के लिए भेज देना।'

अलारक्खी ने लड़की को उठा लिया और चलने को हुई, तब दारोगा जी ने पूछा - मुझे गाली क्यों दे रही थी?

अलारक्खी की रही-सही जान भी निकल गई। काटो तो लहू नहीं थर-थर काँपती बोली - नहीं हूज़ूर, मेरी आँखें फूट जायँ जो तुमको गाली दी हो।

और वह फूट-फूटकर रोने लगी।

2

संध्या समय हुसेनी और अलारक्खी दोनों तलब लेने चले। अलारक्खी बहुत उदास थी।

हुसेनी ने सांत्वना दी - तू इतनी उदास क्यों? तलब ही न कटेगी कटने दे। अबकी मैं तेरी जान की कसम खाता हूँ एक घूंट दारू या ताड़ी नहीं पिऊंगा।

'मैं डरती हूँ बरखास्त न कर दे मेरी जीभ जल जाय! कहाँ से कहाँ...

'बरखास्त कर देगा, कर दे, उसका अल्ला भला करे! कहाँ तक रोयें!'

'तुम मुझे नाहक लिये चलते हो। सब की सब हंसेगी।'

'बरखास्त करेगा तो पूछूँगा नहीं कि किस इलजाम पर बरखास्त करते हो, गाली देते किसने सुना? कोई अन्धेर है, जिसे चाहे, बरखास्त कर दे और जो कहीं सुनवाई न हुई तो पंचों से फरियाद करूँगा। चौधरी के दरवाजे पर सर पटक दूँगा।'

'ऐसी ही एकता होती तो दरोगा इतना जरीमाना करने पाता?'

'जितना बड़ा रोग होता है उतनी दवा होती है, पगली!'

फिर भी अलारक्खी का मन शान्त न हुआ। मुख पर विषाद का धुआँ-सा छाया हुआ था। दारोगा क्यों गाली सुनकर भी बिगड़ा नहीं, उसी वक्त उसे क्यों नहीं बरखास्त कर दिया, यह उसकी समझ में न आता था। वह कुछ दयालु भी मालूम होता था। उसका रहस्य वह न समझ पाती थी, और जो चीज हमारी समझ में नहीं आती उसी से हम डरते हैं। केवल जुर्माना करना होता तो उसने किताब पर उसका नाम लिखा होता। उसको निकाल बाहर करने का निश्चय कर चुका है, तभी दयालु हो गया था। उसने सुना था कि जिन्हें फाँसी दी जाती है, उन्हें अन्त समय खूब पूरी मिठाई खिलाई जाती है, जिससे मिलना चाहें उससे मिलने दिया जाता है। निश्चय बरखास्त करेगा।

म्युनिसिपैलिटी का दफ्तर आ गया। हजारों मेहतरानियाँ जमा थी, रंग-बिरंगे कपड़े पहने, बनाव-सिंगार किये। पान-सिगरेट वाले भी आ गये थे, खोंमचेवाले भी। पठानों का एक दल भी अपने असामियों से रुपये वसूल करने आ पहुंचा था। वह दोनों भी जाकर खड़े हो गये।

वेतन-बँटने लगा। पहले मेहतरानियों का नम्बर था जिसका नाम पुकारा जाता वह लपककर जाती और अपने रुपये लेकर दरोगाजी को मुफ्त की दुआएँ देती हुई चली जाती। चम्पा के बाद अलारक्खी का नाम बराबर पुकारा जाता था। आज अलारक्खी का नाम उड़ गया था। चम्पा के बाद जहन का नाम पुकारा गया जो अलारक्खी के नीचे था।

अलारक्खी ने हताश आँखों से हुसेनी को देखा। मेहतरानियाँ उसे देख-देखकर कानाफूसी करने लगी। उसके जी में आया, घर चली जाय। यह उपहास नहीं सहा जाता। जमीन फट जाती तो उसमें समा जाती।

एक के बाद दूसरा नाम आता गया और अलारक्खी सामने के वृक्षों की ओर देखती रही। उसे अब इसकी परवाह न थी कि किसका नाम आता है, कौन जाता है, कौन उसकी ओर ताकता है, कौन उस पर हँसता है।

सहसा अपना नाम सुनकर वह चौंक पड़ी! धीरे से उठी और नवेली बहू की भांति पग उठाती हुई चली। खजांची ने पूरे छह रुपये उसके हाथ पर रख दिये।

उसे आश्चर्य हुआ। खजांची ने भूल तो नहीं की? इन तीन बरसों में पूरा वेतन तो कभी मिला नहीं। और अबकी तो आधा भी मिले तो बहुत है। वह एक सेकण्ड वहाँ खड़ी रही कि शायद खजांची उससे रुपया वापस माँगे। जब खजांची ने पूछा, अब क्यों खड़ी है जाती क्यों नहीं? तब वह धीरे से बोली - यह तो पूरे रुपये है।

खजांची ने चकित होकर उसकी ओर देखा।

'तो और क्या चाहती है, कम मिलें?'

'कुछ जरीमाना नहीं है?'

'नहीं, अबकी कुछ जरीमाना नहीं है।'

अलारक्खी चली, पर उसका मन प्रसन्न न था। वह पछता रही थी कि दरोगाजी को गाली क्यों दी।

***

रहस्य

विमल प्रकाश ने सेवाश्रम के द्वार पर पहुँचकर जेब से रूमाल निकाला और बालों पर पड़ी हुई गर्द साफ की, फिर उसी रूमाल से जूतों की गर्द झाड़ी और अन्दर दाखिल हुआ। सुबह को वह रोज टहलने जाता है और लौटती बार सेवाश्रम की देख-भाल भी कर लेता है। वह इस आश्रम का बानी भी है, और संचालक भी।

सेवाश्रम का काम शुरू हो गया था। अध्यापिकाएं लड़कियों को पढ़ा रही थी, माली फूलों की क्यारियों में पानी दे रहा था और एक दरजे की लड़कियाँ हरी-हरी घास पर दौड़ लगा रही थी। विमल को लड़कियों की सेहत का बड़ा खयाल है।

विमल एक क्षण वहीं खड़ा प्रसन्न मन से लड़कियों की बाल-क्रीड़ा देखता रहा, फिर आकर दफ्तर में बैठ गया। क्लर्क ने कल की आयी हुई डाक उसके सामने रख दी। विमल ने सारे पत्र एक-एक करके खोले और सरसरी तौर पर पढ़कर रख दिये, उसके मुख पर चिन्ता और निराशा का धूमिल रंग दौड़ गया। उसने धन के लिए समाचार-पत्रों में जो अपील निकाली थी, उसका कोई असर नहीं हुआ। कैसे यह संस्था चलेगी? लोग क्या इतने अनुदार हैं? वह तन-मन से इस काम में लगा हुआ है। उसके पास जो कुछ था वह सब उसने इस आश्रम को भेंट कर दिया। अब लोग उससे और क्या चाहते हैं? क्या अब भी वह उनकी दया और विश्वास के योग्य नहीं है?

वह   तादाद मिल जाती जो केवल गुजारे पर काम करती। क्या इतने बड़े देश में ऐसी दस-बीस पढ़ी-लिखी देवियाँ भी नहीं हैं? उसने कई बार अखबारों में यह जरूरत छपवाई थी, मगर आज तक किसी ने जवाब न दिया। अब फीस बढ़ाने के सिवा उसके लिए और कौन-सा रास्ता है?

आभा जरूर थी। औसत कूद, कोमल गात, चम्पई रंग, प्रसन्न मुख, खूब बनी-सँवरी हुई, मगर उस बनाव-सँवार में ही जैसे अभाव की झलक थी। विमल के लिए यह कोई नई बात न थी। जब से उसने सेवाश्रम खोला था, भले घरों की देवियाँ अक्सर उससे मिलने आती रहती थीं।

देवीजी ने कुर्सी पर बैठते हुए कहा - पहले अपना नाम बता दूँ। मुझे मंजुला कहते हैं। मैंने कुछ दिन हुए, 'लीडर' में आपकी नोटिस देखी थी और उसी प्रयोजन से आपकी सेवा

में आई हूँ। यों तो आपसे मिलने का शौक बहुत दिनों से था, पर कोई अवसर न निकाल पाती थी, और बरबस आकर आपका कीमती समय नष्ट न करना चाहती थी। आपने जिस त्याग और तन्मयता से नारियों की सेवा की है, उसने आपके प्रति मेरे मन में इतनी श्रद्धा पैदा कर दी है कि मैं उसे प्रकट करूँ तो शायद आप खुशामद समझें। मेरे मन में भी इसी तरह की सेवा की इच्छा बहुत दिनों से है, पर जितना सोचती हूँ उतना कर नहीं सकती। आपके प्रोत्साहन से सम्भव है, मैं भी कुछ कर सकूँ!

विमल मौन सेवकों में था। अपनी प्रशंसा उसके लिए सबसे कठिन परीक्षा थी। उसकी ठीक वहीं दशा हो जाती थी, जैसे कोई पानी में डुबकियाँ खा रहा हो। वह खुद किसी के मुँह पर उसकी तारीफ न करता था, इसलिए तारीफ के भूखे उसे तंगदिल समझते थे। वह पीठ के पीछे तारीफ करता था। हाँ, बुराइयाँ वह मुँह पर करता था और दूसरों से भी यही आशा रखता था।

उसने अपना उखड़ा हुआ पाँव जमाते हुए कहा - यह तो बहुत अच्छी बात होगी। आप शौक से आयें सेवाश्रम की आर्थिक दशा तो आपको मालूम होगी?

'मैं इस इरादे से यहाँ नहीं आई हूँ।'

'यह मैं पहले ही समझ गया था। मेरा यह आशय न था। यों ही कह दिया। अच्छा, आपका मकान यहीं है?'

मंजुला देवी का घर लखनऊ में है। जालंधर के कन्या-विद्यालय में शिक्षा पाई है। अंग्रेजी में अच्छी लियाकत है। घर के काम धंधे में भी कुशल हैं और सबसे बड़ी बात यह है कि उनके हृदय में सेवा का उत्साह है। अगर ऐसी स्त्री सेवाश्रम का भार अपने ऊपर ले ले, तो क्या कहना!

मगर विमल के मन में एक प्रश्न उठा। पूछा - आपके पति भी आपके साथ रहेंगे?

साधारण-सा सवाल था, मगर मंजुला को नागवार लगा। बोली - जी नहीं। वह अपने घर रहेंगे। वह एक बैंक में नौकर है और अच्छा वेतन पाते हैं।

विमल के मन का प्रश्न और भी जटिल हो गया। जो आदमी अच्छा वेतन पाता है, उसकी पत्नी क्यों उससे अलग, काशी में रहना चाहती है?

केवल इतना मुँह से निकला - अच्छा!

मंजुला ने शायद उनके मन का भाव ताड़कर कहा - आपको यह कुछ अनोखी-सी बात लगती होगी, लेकिन क्या आपके खयाल में शादी का आशय यह है कि स्त्री को पुरुष के दामन में छिपा रहना चाहिए?

विमल ने जोश के साथ कहा - हर्गिज नहीं।

‘जब मैं अपनी जरूरतों को घटाकर सिफर तक पहुँचा सकती हूँ तो किसी पर भार क्यों बनूँ?

‘बेशक!'

‘हम दोनों में मतभेद है और उसके अनेक कारण हैं। मैं भक्ति और पूजा को मानव-जीवन का सत्य समझती हूँ। वह इसे लेक्चर समझते हैं, यहाँ तक कि ईश्वर में भी उनका विश्वास नहीं है। मैं हिंदू संस्कृति को सबसे ऊँच-समझती हूँ। उन्हें हमारी संस्कृति में ऐब ही ऐब नजर आते हैं। ऐसे आदमी के साथ मेरा निबाह कैसे हो सकता है!'

विमल खुद भक्ति और पूजा को ढोंग समझते थे, और इतनी-सी बात पर किसी स्त्री का पुरुष से अलग हो जाना उनकी समझ में न आया। उन्हें ऐसी कई मिसालें याद थी, जहाँ स्त्रियों ने पति के विधर्मी हो जाने पर भी अपने व्रत का पालन किया। इस समस्या का व्यावहारिक अंग ही उनके सामने था। पूछा - लेकिन उन्हें कोई आपत्ति तो न होगी?

मंजुला ने गर्व के साथ कहा - मैं ऐसी आपत्तियों की परवाह नहीं करती। अगर पुरुष स्वतन्त्र है, तो स्त्री भी स्वतंत्र है।

फिर उसने नर्म होकर करुण स्वर में कहा - यों कहिए कि हम और वह तीन साल से अलग हैं। रहते हैं एक ही मकान में लेकिन बोलते नहीं। जब कभी वह बीमार पड़े हैं मैंने उनकी तीमारदारी की है। उन पर कोई संकट आया है, तो मैंने उनसे सच्ची सहानुभूति की है, लेकिन मैं मर भी जाऊँ तो उन्हें दुःख न होगा। वह खुश होंगे कि गला छूट गया। वह मेरा पालन-पोषण करते हैं, इसलिए...।

उसका गला भर आया था। एक क्षण तक वह चुपचाप जमीन की ओर ताकती रही। फिर उसे भय हुआ कि कहीं विमल उसे हलका और ओछी न समझ रहा हो, जो अपने जीवन के गुप्त रहस्यों का ढिंढोरा पीटती फिरती है। इस भ्रम को विमल के मन से निकालना जरूरी था। उसने उन्हें यकीन दिलाया कि आज तक किसी ने उसके मुँह से ये शब्द नहीं सुने, यहाँ तक कि उसने अपने मन की व्यथा कभी अपनी माता से भी नहीं कही। विमल वह पहले व्यक्ति हैं जिनसे उसने ये बातें कहने का साहस किया है और इसका कारण यही है कि वह जानती है, उनके दिल में दर्द है और एक स्त्री की विवशता का अन्दाजा कर सकते हैं।

विमल ने लजाते हुए कहा - यह आपकी कृपा है, जो मेरे बारे में ऐसा खयाल रखती है।

और उनके मन में मंजुला के प्रति श्रद्धा उत्पन्न हुई। बहुत दिनों के बाद उन्हें एक देवी नजर आई, जो सिद्धान्त के लिए इतना साहस कर सकती है। वह खुद मन ही मन समाज से विद्रोह करता रहता था। सेवाश्रम भी उनके मानसिक विद्रोह का ही फल था। ऐसी स्त्री के हाथों में वह सेवाश्रम बड़ी खुशी से सौंप देगा। मंजुला इसके लिए तैयार होकर आई थी।

2

मंजुला के जीवन में आत्मदान की मात्रा ही ज्यादा थी। देह को वह इस भावना की पूर्ति का साधन-मात्र समझती थी। दुनिया की बड़ी से बड़ी विकृति भी उसे शान्ति न दे सकती थी। मिस्टर मेहरा से उसे केवल इसलिए अरुचि थी कि वह भी साधारण प्राणियों की भाँति भोग-विलास के प्रेमी थे। जीवन उनके लिए इच्छाओं में बहने का नाम था। स्वार्थ की सिद्धि में नीति या धर्म की बाधा उनके लिए असह्य थी। अगर उनमें कुछ उदारता होती और मंजुला से मतभेद होने पर भी उसकी भावनाओं का आदर करते और कम से कम मुख से ही उसमें सहयोग करते, तो मंजुला का जीवन सुखी होता, पर उस भले आदमी की पत्नी से जरा भी सहानुभूति न थी और वह हर एक अवसर पर उसके मार्ग में आकर खड़े हो जाते थे और मंजुला मन ही मन सिमटकर रह जाती थी। यहाँ तक कि उसकी भावनाएँ विकास का मार्ग न पाकर टेढ़े-मेढ़े रास्तों पर जाने लगीं। अगर वह इस अभाव को कला का रूप दे सकती, तो उसकी आत्मा को उसमें शान्ति मिलती। जीवन में जो कुछ न मिला, उसे कला में पाकर वह प्रसन्न होती, मगर उसमें वह प्रतिभा, वह रचना शक्ति न थी और उसकी आत्मा पिंजड़े में बन्द पक्षी की भाँति हमेशा बेचैन रहती थी। उसका अहम्भाव इतना प्रच्छन्न हो गया था कि वह जीवन से विरक्त होकर बैठ सकती थी। वह अपने व्यक्तित्व को स्वतन्त्र और पृथक् रखना चाहती थी। उसे इसमें गर्व और उल्लास होता था कि वह भी कुछ है। वह केवल किसी वृक्ष पर फैलनेवाली और उसके सहारे जीनेवाली बेल नहीं है। उसकी अपनी अलग हस्ती है, अपना अलग कार्य-क्षेत्र है।

लेकिन यथार्थताओं के इस संसार में आकर उसे मालूम हुआ कि आत्मदान का जो आशय उसने समझ रखा था, वह सरासर गलत था। सेवाश्रम में ऐसे लोग अक्सर आते रहते थे, जिनसे थोड़ी-सी खुशामद करके बहुत कुछ सहायता ली जा सकती थी, लेकिन मंजुला का आत्माभिमान खुशामद पर किसी तरह राजी न होता था। उनके यश-गान से भरे हुए अभिनन्दन-पत्र पढ़ना, उनके भवनों पर जाकर उन्हें सेवाश्रम के मुआयने का नेवता देना, या रेलवे स्टेशन पर जाकर उनका स्वागत करना, ये ऐसे काम थे जिनसे उसे हार्दिक घृणा होती थी, लेकिन सेवाश्रम के संचालन का भार उस पर था और उसे अपने मन को दबाकर और कर्त्तव्य का आदर्श सामने रखकर यह सारी नाजबरदारियाँ करनी पड़ती थी, यद्यपि वह इन विद्रोही भावों को मकदूर-भर छिपाती थी। पर जिस काम में मन न हो, वहाँ

उल्लास और उत्साह कहां से आये? जिन समझौतों से घबराकर वह भागी थीं, वह यहाँ और भी विकृत रूप में उसका पीछा कर रहे थे। उसके मन में कटुता आती जाती थी और एकाग्र-सेवा की धुन मिटती जाती थी।

इसके विरुद्ध वह विमल को देखती थी कि उसके चेहरे पर कभी शिकन नहीं आती। वही सहास्य मुख, वही उत्सर्ग से भरा हुआ उद्भाव वही क्रियाशील तन्मयता। छोटे से छोटे काम के लिए हमेशा हाजिर, सेवाश्रम की कोई कन्या या अध्यापिका बीमार पड़ जाय, विमल उसकी तीमारदारी के लिए मौजूद है। सहानुभूति का न जाने कितना बड़ा कोण उसके पास है कि उसमें जरा भी क्षति नहीं आती। उसके मन में किसी प्रकार का सन्देह या संशय नहीं है। उसने एक रास्ता पकड़ लिया है, और उस पर कदम बढ़ाता चला जा रहा है। उसे विश्वास है, इसी रास्ते से वह अपने ध्येय पर पहुँचेगा। राह में जो यात्री मिल जाते हैं, उन्हें अपना संगी बना लेता है। जो कलेवा लेकर चला है, वह संगियों को बाँटकर खाने में आनन्द पाता है। उसे नित्य परेशानियाँ उठानी पड़ती हैं, खुशामदें करनी पड़ती हैं, अपमान सहने पड़ते हैं, अयोग्य व्यक्तियों के सामने सिर झुकाना पड़ता है, भीख माँगनी पड़ती है, मगर उसे गम नहीं। वह कभी निराश नहीं होता, कभी बुरा नहीं मानता। उसके अंदर कोई ऐसी चीज है, जो हजारों ठोकरें खाने पर भी ज्यों की त्यों उछलती और दौड़ती रहती है। अध्यापिकाएँ अक्सर साधारण-सी बातों पर शिकायतें करने लगती हैं, कभी-कभी रूठ जाती हैं और सेवाश्रम से विदा हो जाना चाहती हैं। अगर धोबन ने कपड़े खराब धोये या कहारिन ने उनकी साड़ी में दाग डाल दिये या चौकीदार ने उनके कुत्ते को दुत्कार दिया, उनके कमरे में झाड़ू नहीं लगी, या ग्वाले ने दूध में पानी मिला दिया, तो इसमें सेवाश्रम के अधिकारियों का क्या दोष? पर इन्हीं बातों पर यहाँ रोना-गाना मच जाता है, दुनिया सिर पर उठा ली जाती है और विमल सेवक की भांति अनुनय-विनय करके उनका गुस्सा ठण्डा करता है। उनकी घुड़कियाँ सुनता है और हँसकर रह जाता है। फल यह है कि अध्यापिकाओं की उस पर श्रद्धा होती जाती है। वह उसे अपना अफ़सर नहीं, अपना मित्र और बन्धु समझती हैं।

मगर मंजुला विमल से कुछ खिंची रहती है। कभी उससे कोई शिकायत नहीं करती, कभी उससे किसी मुआमले में सलाह नहीं लेती। यद्यपि वह दिल से समझती है कि जिस दुनियादारी को वह आत्मा का पतन कहकर उसे हेय समझती है, वह वास्तव में विकसित मानवता का ही रूप है, फिर भी अपने सिद्धान्त-प्रेम के अभिमान को तोड़ डालना उसके लिए कठिन है और इस अभिमान के होते हुए भी विमल की विशुद्ध, निःस्वार्थ व्यावहारिकता उसे जबरदस्ती अपनी ओर खींचती है। उसने साधारण मनुष्यों के विषय में अनुभव से मन में जो सीमाएँ खींच ली थीं, विमल उनसे ऊपर था। उसमें स्वार्थ का लेश भी नहीं है। अभिमान उसे छू भी नहीं गया है। उसके त्याग की कोई सीमा नहीं। मंजुला के

आध्यात्मिक जीवन में मनुष्य का यही सबसे ऊँचा आदर्श था, लेकिन विमल को उस आदर्श के समीप देखकर उसे एक प्रकार की हार का बोध होता था। आदर्श का महत्त्व इसी में है कि वह पहुँच के बाहर हो। अगर वह साध्य हो जाये, तो आदर्श ही क्यों रहे? मंजुला अपनी आदर्श-भावना की और ऊँचा बनाकर इस विचार में सन्तोष पाना चाहती है कि विमल अभी उस आदर्श से बहुत दूर है, लेकिन विमल जैसे जबरन उनका श्रद्धापात्र बनता जाता है, वह अपने को प्रवाह में बहने से रोकने के लिए लकड़ी का सहारा लेती है, पर उसके पैरों के साथ वह लकड़ी भी उखड़ जाती है, और वह फिर किसी दूसरी रोक की तलाश करने लगती है और अन्त में उसे यह सहारा मिल जाता है।

उसने अपनी तीव्र दृष्टि से देख लिया है कि विमल उसकी कारगुजारियों से संतुष्ट नहीं है। फिर वह उससे शिकायत क्यों नहीं करता, उससे जवाब क्यों नहीं माँगता? उसी तीव्र दृष्टि से उसने यह भी ताड़ लिया है कि विमल उसके रूप-रंग से अप्रभावित नहीं हैं, फिर यह शीतलता और उदासीनता क्यों? क्या इससे यह सिद्ध नहीं होता कि वह कपटी या कायर है? औरों से वह कितना खुलकर मिलता है, कितनी हमदर्दी से पेश आता है, तो मंजुला से वह क्यों दूर-दूर रहता है? क्यों उससे ऊपरी मन से बातें करता है? वह पहले दिन का निष्कपट व्यवहार कहाँ गया? क्या वह यह दिखाना चाहता है कि मंजुला की उसे बिलकुल परवाह नहीं है या उससे केवल इसलिए नाराज है कि धनियों की चौखट पर सिर नहीं झुकती? यह खुशामद उसे मुबारक रहे। मंजुला सेवा करेगी, पर अपने आत्माभिमान को अछूता रखकर।

एक दिन प्रातःकाल मंजुला बगीचे में टहल रही थी कि विमल ने आकर उसे प्रणाम किया और उसे सूचना दी कि सेवाश्रम का वार्षिकोत्सव निकट आ रहा है। उसके लिए तैयारी करनी चाहिए।

मंजुला ने उदासीन भाव से पूछा - यह जलसा तो हर साल ही होता है।

'मेरे लिये जो कुछ हो सकता है, वह मैं भी करूँगी, हालाँकि आप जानते हैं, मैं इस विषय में ज्यादा निपुण नहीं हूँ।'

'इसकी सफलता का सारा भार आप ही के ऊपर है।'

'मेरे ऊपर?'

'जी हाँ, आप चाहें तो यह आश्रम कहाँ से कहाँ पहुँच जाये।'

'मेरे विषय में आपका अनुमान गलत है।'

विमल ने विश्वास-भरे हुए स्वर में कहा - मेरा अनुमान गलत है या आपका गलत है, यह तो जल्द ही मालूम हुआ जाता है।

आज यह पहली प्रेरणा थी, जो विमल ने मंजुला से की। जिस दिन से उसने सेवाश्रम उसके हाथ में सौंपा था उस दिन से कभी इस विषय में कोई आदेश न दिया था। उसे कभी इसका साहस न हुआ। मुलाकातों में इधर-उधर की बातें होकर रह जाती। शायद विमल समझता था कि मंजुला ने जो त्याग किया है, वह काफी से ज्यादा है और उस पर अब और बोझ डालना जुल्म होगा। या शायद वह देख रहा था कि मंजुला का मन इस संस्था में रम जाय तो कुछ कहे। आज तो उसने विनय और आग्रह से भरा हुआ यह आदेश दिया तो मंजुला में एक नई मूर्ति दौड़ गई। सेवाश्रम से ऐसा निजत्व उसे कभी न हुआ था। विमल से उसे जो दुर्भावनाएँ थीं, सब जैसे काई की तरह फट गई और वह पूर्ण तन्मयता के साथ तैयारियों में लग गई। अब तक वह क्यों आश्रम से इतनी उदासीन थी, इस पर उसे आश्चर्य होने लगा। एक सप्ताह तक वह रात-दिन मेहमानों के आदर-सत्कार में व्यस्त रही। खाने तक की फुरसत न मिलती। दोपहर का खाना तीसरे पहर मिलता। कोई मेहमान किसी गाड़ी से आता, कोई किसी गाड़ी से। अक्सर उसे रात को भी स्टेशन जाना पड़ता। उस पर तरह-तरह के करतबों का रिहर्सल भी कराना पड़ता। अपने भाषण की तैयारी अलग। इस साधना का पुरस्कार तो मिला, कि जलसा हर एक दृष्टि से सफल रहा और कई हजार की रकम चन्दे में मिल गई। मगर जिस दिन मेहमान रुखसत हुए उसी दिन मंजुला को नये मेहमान का स्वागत करना पड़ा, जिसने तीन दिन तक उसे सिर न उठाने दिया। ऐसा बुखार उसे कभी न आया था। तीन ही दिन में ऐसी हो गई, जैसे बरसों की बीमार हो।

विमल भी दौड़-भूप में लगा हुआ था। पहले तो कई दिन पंडाल बनाने और मेहमानों की दावत का इन्तजाम करने में लगा रहा। जलसा खत्म हो जाने पर जहाँ-जहाँ से जो सामान आये थे उन्हें सहेज-सहेजकर लौटाने की पड़ गई। मंजुला को धन्यवाद देने भी न आ सका, किसी ने कहा जरूर कि देवीजी बीमार हैं, मगर उसने समझा, थकान से कुछ हरारत हो आई होगी, ज्यादा परवाह न की। लेकिन चौथे दिन खबर मिली की बुखार अभी तक नहीं उतरा और बड़े जोर का है, तो वह बदहवास दौड़ा हुआ आया और अपराधी-भाव से उसके सामने खड़ा होकर बोला - अब कैसी तबीयत है? आपने मुझे बुला क्यों न लिया?

मंजुला को ऐसा जान पड़ा जैसे एकाएक उसका बुखार हलका हो गया है। सिर का दर्द भी कुछ शान्त होता हुआ जान पड़ा। लेटे-लेटे विवश आँखों से ताकती हुई बोली - बैठ जाइए, आप खड़े क्यों है? फिर मुझे भी उठना पड़ेगा।

विमल ने इस भाव से देखा मानो उसका बस होता, तो वह सारा ताप और दर्द खुद ले लेता। फिर आग्रह से बोला - नहीं-नहीं, आप लेटी रहे, मैं बैठ जाता हूँ। इसका अपराधी मैं हूँ। मैंने ही आपको इस सहमत में डाला। मुझे क्षमा कीजिए। मैंने आपसे वह काम लिया जो

मुझे खुद करना चाहिए था। मैं अभी जाकर डॉक्टर को बुला लाता हूँ। क्या कहूँ मुझे जरा भी खबर न हुई। फिजूल के कामों में ऐसा फँसा रहा...

और उसने पहिल फेरी ही थी कि मंजुला ने हाथ उठाकर मना करते हुए कहा - नहीं-नहीं, डॉक्टर की कोई जरूरत नहीं। आप जरा भी परेशान न हो। मैं बिलकुल अच्छी हूँ। कल तक उठ बैठूँगी।

उसके मन में और कितनी ही बातें उठी, मगर उसने ओठ बन्द कर लिये। इस आवेश में वह न जाने क्या-क्या बक जायेगी। अभी तक विमल ने शायद उसे देवी समझकर उसके सामने सिर झुकाया है। उससे दूर अवश्य रहा है, मगर इसलिए नहीं कि वह समीप आना नहीं चाहता, बल्कि इसलिए कि अपनी सरलता में, अपनी साधना में, उसके समीप आने में झिझकता है, कि कहीं देवी को नागवार न गुजरे। विमल ने अपने मन में उसे जिस ऊँचे आसन पर बैठा दिया है उससे नीचे वह न आयेगी। विमल को मालूम नहीं, वह कितना सात्विक, कितना विशालात्मा पुरुष है। ऐसे आदमी की क्षति में हमेशा के लिए एक आकाश में उड़ने वाली, निष्कलंक, निष्कपट, सती की धुंधली छाया छोड़ जाना कितना बड़ा मोह है।

उसने विनोद-भाव से कहा - हाँ, क्यों नहीं, क्योंकि आप तो मनुष्य हैं और मैं काठ की पुतली।

'नहीं, आप देवी हैं।'

'नहीं, एक नादान औरत।'

'आपने जो कुछ कर दिखाया, वह मैं सौ जन्म लेकर भी न कर सकता था।'

'उसका कारण भी आपने सोचा? वह स्त्री की विजय नहीं, उसकी हार है। अगर इन दोषों के साथ मैं स्त्री न होकर पुरुष होती, तो शायद इसकी चौथाई सफलता भी न मिलती। यह मेरी जीत नहीं, मेरे नारीत्व की जीत है। रूप तो असार वस्तु है, जिसकी कोई हकीकत नहीं। वह धोखा है, फरेब है, दुर्बलताओं को छिपाने का परदा मात्र है!'

विमल ने आवेश में कहा - यह आप क्या कहती है मंजुला देवी? रूप संसार का सबसे बड़ा सत्य है। रूप को भयंकर समझकर हमारे महात्माओं और पंडितों ने दुनिया के साथ शेर अन्याय किया है।

मंजुला की सुन्दर छवि गर्व के प्रकाश में चमक उठी। रूप को असत्य समझने के प्रयास में सदैव असफल रही थी और अपनी निष्ठा और भक्ति से मानो अपने रूप का प्रायश्चित्त कर रही थी। उसी रूप के इस समर्थन ने एक क्षण के लिए मुग्ध कर दिया मगर बह सँभलकर बोली - आप धोखे में हैं, विमल बाबू मुझे क्षमा कीजिएगा, मगर यह रूप

की उपासना आप में कोई नई बात नहीं है। मर्दों ने हमेशा रूप की उपासना की है। थोड़े से पंडितों या महात्माओं ने चाहे रूप की निन्दा की हो, पर मर्दों ने प्रायः रूपासक्ति ही का प्रमाण दिया है। यहाँ तक कि रूप के लिए धर्म की परवाह नहीं की और उन पंडितों और महात्माओं ने भी ज़ुबान या कलम से चाहे रूप के विरुद्ध विष उगला हो, लेकिन अन्तःकरण में वे भी उसकी पूजा करते हैं। जब कभी रूप में उनकी परीक्षा की है, उनकी तपस्या पर विजय पाई है। फिर भी जो असत्य है, वह असत्य ही रहेगा। रूप का आकर्षण केवल बाहरी आँखों के लिए है। ज्ञानियों की निगाह में उसका कोई मूल्य नहीं। कम से कम आपके मुख से मैं रूप का बखान नहीं सुनना चाहती क्योंकि मैं आपको देवतुल्य समझती हूँ और दिल से आप पर श्रद्धा रखती हूँ।

विमल विक्षिप्त-सा जमीन की तरफ ताकता रहा और बराबर ताकता ही चला गया, जैसे वह मूर्छावस्था में हो। फिर चौंककर उठा और अपराधियों की भाँति सिर झुकाए, सन्दिग्ध भाव से कदम उठाता हुआ कमरे से निकल गया।

और मंज़ुला निश्चिन्त बैठी रही।

3

उस दिन एकाएक विमल का सारा उत्साह और कर्मण्यता जैसे ठण्डी पड़ गई। जैसे उसमें अब अपना मुँह दिखाने की हिम्मत नहीं है। मानो इस रहस्य का पर्दा खुल गया है और चारों तरफ उसकी हँसी उड़ रही है। वह अब सेवाश्रम में बहुत कम आता है और आता भी है, तो अध्यापिकाओं से कुछ बातचीत नहीं करता। सबसे जैसे मुँह चुराता फिरता है। मंज़ुला को मिलने का कोई अवसर नहीं देता, और जब मंज़ुला हारकर उसके घर जाती है, तो कहला देता है, घर में नहीं है, हालांकि वह घर में छिपा बैठा रहता है।

और मंज़ुला उसके मनोरहस्य को समझने में असमर्थ है। विमल ने अपनी साधना और सद्भाव से उसे अपनी ओर आकर्षित कर लिया है, इसमें सन्देह नहीं। वह एक नारी की गहरी अन्तर्दृष्टि से देख रही है कि विमल भी उसका उपासक बन बैठा है और जरा प्रोत्साहन पाने पर अपने को उसके चरणों पर डाल देगा। उसने बरसों से जो जिन्दगी बसर की है उसमें प्रेम नहीं है। सेवा और कर्तव्य का दामन पकड़कर भी उसे अपनी अपूर्णता का ज्ञान होता रहता है। जिस पुरुष में उसका प्रेम नहीं है, न विश्वास है, उसके प्रति वह किसी तरह का नैतिक या धार्मिक बन्धन नहीं स्वीकार करती। वह अपने को स्वच्छन्द समझती है। चाहे समाज उसकी स्वच्छन्दता न माने, पर उसकी आत्मा इस विषय में अपने को आजाद समझती है, मगर विमल की नजरों में आदर और भक्ति पाने का मोह इतना प्रबल है कि

वह उस स्वच्छन्दता की भावना को सिर नहीं उठाने देती। वह विमल से संसर्ग की घनिष्ठता तो चाहती है, पर अपने आत्माभिमान की रक्षा करते हुए। इसके साथ ही विमल के पवित्र और निर्मल जीवन में वह दाग नहीं लगाना चाहती। उसने सोचा था, विमल को दवा का हल्का-सा घूंट पिलाकर वह स्वस्थ कर देगी। वह स्वस्थ होकर उसके मनोद्यान में आयेगा, फूलों को देखकर प्रसन्न होगा, हरी-हरी दूब पर लेटेगा, पक्षियों का गाना सुनेगा। उससे वह इतना ही संसर्ग चाहती थी। दीपक के प्रकाश का आनन्द तो दीपक से दूर रहकर भी लिया जा सकता है। उसे स्पर्श करके तो वह अपने को जला सकता है। मगर अब उसे मालूम हुआ कि दवा की वह घूंट बाधा को हरने के बदले एक दूसरा रोग पैदा कर गई। विमल में निर्लेप होकर रहने की शक्ति न थी। वह जिस बीज की ओर झुकता था, तन-मन से उसी का हो जाता था और जब खिंचता था, तो मानो नाता ही तोड़ लेता था। उसके इस नये व्यवहार को मंजुला अपना अपमान समझती है और मन यहाँ से उचाट होता जाता है।

आखिर एक दिन उसने विमल को पकड़ ही लिया था। मंजुला जानती थी, विमल रोज दरिया के किनारे सैर करने जाता है। एक दिन उसने वहीं जा घेरा और अपना इस्तीफा उसके हाथ में रख दिया।

विमल के गले में जैसे फाँसी पड़ गई। जमीन की ओर ताकता हुआ बोला - ऐसा क्यों?

'इसलिए कि मैं अपने को इस काम के योग्य नहीं पाती।'

'संस्था तो खूब चल रही है!'

'फिर भी मैं यहाँ रहना नहीं चाहती।'

'मुझसे कोई अपराध हुआ है?'

'आप अपने दिल से पूछिए।'

विमल ने इस वाक्य का वह आशय समझ लिया, जो मंजुला की कल्पना से भी कोसों दूर था; उसके मुख का रंग उड़ गया, जैसे रक्त की गति बन्द होती गई हो। इसका उसके पास कोई जवाब न था। ऐसा फैसला था जिसकी कहीं अपील न थी।

आहत स्वर में बोला - जैसी आपकी इच्छा। मुझ पर दया कीजिए।

मंजुला ने आर्द्र होकर कहा - तो मैं चली जाऊँ?

और वह जैसे गले का फंदा छुड़ाकर भाग खड़ा हुआ। मंजुला करुण नेत्रों से उसे देखती रही, मानो सामने कोई नौका डूबी जा रही हो।

4

चाबुक खाकर विमल फिर सेवाश्रम की गाड़ी में जुत गया। कह दिया गया, मंजुला देवी के पति बीमार थे - चली गई। काम-काजी आदमी प्रेम का रोग नहीं पालता, उसे कविता करने, और प्रेम-पत्र लिखने और ठण्डी आहें भरने की कहाँ फुरसत? उसके सामने तो कर्तव्य है, प्रगति की इच्छा है, आदर्श है। विमल भी काम-पल्ले में लग गया। हाँ, कभी-कभी एकान्त में मंजुला की याद आ जाती थी और लज्जा से उसका मस्तक आप ही आप झुक जाता था। उसे हमेशा के लिए सबक मिल गया था। ऐसी सती-साथी के प्रति उसने कितनी बेहूदगी की!

तीन साल गुजर गये थे। गर्मियों के दिन थे। विमल अबकी मंसूरी की सैर करने गया हुआ था और एक होटल में ठहरा था। एक दिन बैंड स्टैंड के समीप खड़ा बैंड सुन रहा था कि बगल में मंजुला बैठी नजर आई, आभूषणों और रंगों से जगमगाती हुई। उसके पास ही एक युवक कोट-पैंट पहने बैठा हुआ था। दोनों मुस्कुरा-मुस्कुरा कर बातें कर रहे थे। दोनों के चेहरे खिले हुए, दोनों प्रेम के नशे में मस्त। विमल के मन में सवाल उठा, यह युवक कौन है? मंजुला का पति तो नहीं हो सकता। या संभव है, उसका पति ही हो। दम्पत्ति में अब मेल हो गया हो। उसे मंजुला के सामने जाने का साहस न हुआ।

दूसरे दिन वह एक अंग्रेजी तमाशा देखने सिनेमा हाल गया था। इंटरवल में बाहर निकला तो कैफे में फिर मंजुला दिखाई दी। सिर से पाँव तक अंग्रेजी पहनावे में। वही कल वाला युवक आज भी उसके साथ था। आज विमल से जब्त न हो सका। इसके पहले कि वह मन में कुछ निश्चय कर सके, वह मंजुला के सामने खड़ा था।

मंजुला उसे देखते ही सन्नाटे में आ गई। मुँह पर हवाइयाँ उड़ने लगीं, मगर एक ही क्षण में उसने अपने को सँभाल लिया और मुस्कुराकर बोली - हल्लो, विमल बाबू! आप यहाँ कैसे?

और उसने उस नवयुवक से विमल का परिचय कराया - आप महात्मा पुरुष है, काशी के सेवाश्रम के संचालक और यह मेरे मित्र मि. खन्ना हैं जो अभी हाल में इंग्लैंड से आई. सी. एफ. होकर आये है।

दोनों आदमियों ने हाथ मिलाये।

मंजुला ने पूछा - सेवाश्रम तो खूब चल रहा है? मैंने उसकी वार्षिक रिपोर्ट पत्रों में पड़ी थी। आप यहाँ कहाँ ठहरे हुए हैं?

विमल ने अपने होटल का नाम बतलाया।

खेल फिर शुरू हो गया। खन्ना ने कहा - खेल शुरू हो गया, चलो अंदर चलें।

मंजुला ने कहा - तुम जाकर देखो, मैं जरा मिस्टर विमल से बातें करूंगी।

खन्ना ने विमल को जलती हुई आँखों से देखा और अकड़ता हुआ अन्दर चला गया। मंजुला और विमल बाहर आकर हरी-हरी घास पर बैठ गये। विमल का हृदय गर्व से फूला हुआ था। आशामय उल्लास की चाँदनी-सी हृदय पर छिटकी हुई थी।

मंजुला ने गम्भीर स्वर में पूछा - आपको मेरी याद काहे को आई होगी। कई बार इच्छा हुई कि आपको पत्र लिखे लेकिन संकोच के मारे न लिख सकी। आप मजे में तो थे?

विमल को उसका यह उलाहना बुरा लगा। कहीं अभी हास्य-विनोद में मग्न थी, कहीं उसे देखते ही गम्भीरता की पुतली बन गई। रूखे स्वर में बोला - हाँ, बहुत अच्छी तरह था। आप तो आराम से थी?

मंजुला आर्द्र कण्ठ से बोली - मेरे भाग्य में तो आराम लिखा ही नहीं है, मिस्टर विमल। पिछले साल पति का देहान्त हो गया। उन्होंने जितनी जायदाद छोड़ी उससे ज्यादा कर्ज छोड़ा। इन्हीं उलझनों में पड़ी रही। स्वास्थ्य भी बिगड़ गया। डॉक्टरों ने पहाड़ पर रहने की सलाह दी। तब से यही पड़ी हुई हूँ।

'आपने मुझे खत तक न लिखा।'

'आपके सिर यों ही क्या कम बोझ है कि मैं अपनी चिन्ताओं का भार भी रख देती?'

'फिर भी एक मित्र के नाते मुझे खबर तो देनी ही थी।'

मंजुला ने स्वर में श्रद्धा भरकर कहा - आपका काम इन झगड़ों में पड़ना नहीं है, विमल बाबू। आपको ईश्वर ने सेवा और त्याग के लिए रचा है। वही आपका क्षेत्र है। मैं जानती हूँ आपकी मुझ पर दया-दृष्टि है। मैं कह नहीं सकती, मेरी नजरों में उसका कितना मूल्य है। जिसे कभी दया और प्रेम न मिला हो वह इनकी ओर लपके तो क्षमा के योग्य है। आप समझ सकते हैं, उनका परित्याग करके मैंने कितनी बड़ी कुर्बानी की है; मगर मैंने इसी को अपना कर्त्तव्य समझा। मैं सब कुछ सह लूंगी; पर आपको देवत्व के ऊँचे आसन से नीचे न गिराऊँगी। आप ज्ञानी है, संसार के सुख कितने अनिल हैं, आप खूब जानते हैं। इनके प्रलोभन में न आइए। आप मनुष्य हैं। आप में भी इच्छाएँ हैं; वासनाएँ है; लेकिन इच्छाओं

पर विजय पाकर ही आपने यह ऊँचा पद पाया है। उसकी रक्षा कीजिए और आध्यात्म ही आपकी मदद कर सकता है। उसी साधना से आपका जीवन सात्विक होगा और मन पवित्र होगा।

विमल ने अभी-अभी मंजुला को आमोद-प्रमोद में क्रीड़ा करते देखा था। खन्ना से उसका सम्बन्ध किस तरह का है, यह भी वह समझ रहा था। फिर भी इस उपदेश में उसे सच्ची सहानुभूति का सन्देश मिला। विलासिनी मंजुला उस देवी के रूप में नजर आई। उसके भीतर का अहंकार उसकी लोतुपता से बलवान था। सद्भावना से भरकर बोला - देवी जी, आपने जिन शब्दों में मेरा सम्मान किया है उनके लिए आपका एहसानमन्द हूँ कहिए, मैं आपकी क्या सेवा कर सकता हूँ?

मंजुला ने उठते हुए कहा - आपकी कृपा-दृष्टि काफी है।

उसी वक्त खन्ना सिनेमा-हॉल से बाहर आता दिखाई दिया।

***

मेरी पहली रचना

उस वक्त मेरी उम्र कोई 13 साल को रही होगी। हिन्दी बिलकुल न जानता था। उर्दू के उपन्यास पढ़ने-लिखने का उन्माद था। मौलाना शरर, पं. रतननाथ सरशार, मिर्जा रुसवा, मौलवी मुहम्मद अली हरदोई निवासी, उस वक्त के सर्वप्रिय उपन्यासकार थे। इनकी रचनाएँ जहाँ मिल जाती थीं, स्कूल की याद भूल जाती थी और पुस्तक समाप्त करके ही दम लेता था। उस जमाने में रेनाल्ड के उपन्यासों की धूम थी। उर्दू में उनके अनुवाद धड़ाधड़ निकल रहे थे और हाथों-हाथ बिकते थे। मैं भी उनका आशिक था। स्व. हजरत रियाज ने, जो उर्दू के प्रसिद्ध कवि थे और जिनका हाल में देहान्त हुआ है, रेनाल्ड की एक रचना का अनुवाद 'हरम सरा' के नाम से किया था। उसी जमाने में लखनऊ के साप्ताहिक 'अवध-पंच' के सम्पादक स्व. मौलाना सज्जाद हुसेन ने, जो हास्यरस के अमर कलाकार हैं, रेनाल्ड के दूसरे उपन्यास का 'धोखा' या तिलिस्मी भरत के नाम से किया था। ये सारी पुस्तकें मैंने उसी जमाने में पड़ी और पं. रतननाथ सरशार से तो मुझे तृप्ति ही न होती थी। उनकी सारी रचनाएँ मैंने पड़ डाली। उन दिनों मेरे पिता गोरखपुर में रहते थे और मैं भी गोरखपुर ही के मिशन स्कूल में आठवें दरजे में पड़ता था, जो तीसरा दर्जा कहलाता था। रेती पर एक बुक-सेलर बुद्धिलाल नाम का रहता था। मैं उसकी दुकान पर जा बैठता था और उसके खाक से उपन्यास ले-लेकर पढ़ता था; मगर दुकान पर सारे दिन तो बैठ सकता नहीं था, इसलिए मैं उसकी दुकान से अंग्रेजी पुस्तकों की कुंजियाँ और नोट्स लेकर अपने स्कूल के लड़कों के हाथ बेचा करता था और इसके मुआवजे में दुकान से उपन्यास घर लाकर पड़ता था। दो-तीन वर्षों में मैंने सैकड़ों उपन्यास पड़ डाले होंगे। जब उपन्यासों का स्टाक समाप्त हो गया, तो मैंने नवलकिशोर प्रेस से निकले हुए पुराणों के उर्दू अनुवाद भी पड़े, और 'तिलिस्मी होशरुबा' के कई भाग भी पड़े। इस बृहद् तिलस्मी ग्रन्थ के 17 भाग उस वक्त निकल चुके थे और एक-एक भाग बड़े सुपर रॉयल के आकार के दो-दो हजार पृष्ठों से कम न होगा और इन 17 भागों के उपरान्त उसी पुस्तक के अलग-अलग प्रसंगों पर पचीसों भाग छप चुके थे। इनमें से भी मैंने पढ़े। जिसने इतने बड़े ग्रन्थ की रचना की उसकी कल्पना-शक्ति कितनी प्रबल होगी, इसका केवल अनुमान किया जा सकता है। कहते है, ये कथाएँ मौलाना फ़ैजी ने अकबर के विनोदार्थ फारसी में लिखी थीं। इनमें कितना सत्य है, कह नहीं सकता; लेकिन

इतनी बृहद् कथा शायद ही संसार की किसी भाषा में हो। पूरी इन्साइक्लोपीडिया समझ लीजिए। एक आदमी तो अपने 60 वर्ष के जीवन में उनकी नकल भी करना चाहे, तो नहीं कर सकता। रचना तो दूसरी बात है।

उसी जमाने में मेरे एक नाते के मामू कभी-कभी हमारे यहाँ आया करते थे। अधेड़ हो गए थे; लेकिन अभी तक बिन-ब्याहे थे। पास में थोड़ी-सी जमीन थी, मकान था, लेकिन घरनी के बिना सब कुछ सूना था। इसलिए घर पर जी नहीं लगता था। नातेदारियों में घूमा करते थे और सबसे यही आशा रखते थे, कि कोई उनका ब्याह करा दे। इसके लिए सौ-दो-सौ खर्च करने को भी तैयार थे। क्यों उनका ब्याह नहीं हुआ? यह आश्चर्य था। अच्छे खासे हृष्ट-पुष्ट आदमी थे, बड़ी-बड़ी मूँछें, औसत कद, साँवला रंग! गाँजा पीते थे इससे आँखें लाल रहती थी। अपने ढंग के धर्मनिष्ठ भी थे। शिवजी को रोजाना जल चढ़ाते थे और मांस-मछली नहीं खाते थे।

आखिर एक बार उन्होंने भी वहीं किया, जो बिन-ब्याहे लोग अक्सर किया करते हैं। एक चमारिन के नयन-बाणों से घायल हो गये। वह उनके यहाँ गोबर पाथने, बैलों को सानी-पानी देने और इसी तरह के दूसरी फुटकर कामों के लिए नौकर थी। जवान थी, छबीली थी और अपने वर्ग की अन्य रमणियों की भाँति प्रसन्नमुख और विनोदिनी थी। एक समय सखि सुअरि सुन्दरि' - वाली बात थी। मामू साहब का तृषित हृदय मीठे जल की धारा देखते ही फिसल पड़ा। बातों-बातों में उससे छेड़छाड़ करने लगे। वह इनके मन का भाव ताड़ गई। ऐसी अल्हड़ न थी और नखरे करने लगी। केशों में तेल भी पड़ने लगा, चाहे सरसों का ही क्यों न हो। आँखों में काजल भी चमका, ओठों पर मिस्सी भी आई, और काम में ढिलाई भी शुरू हुई। कभी दोपहर को आई और झलक दिखाकर चली गई, कभी साँझ को आई एक तीर चलाकर चली गई। बैलों को सानी-पानी मामू साहब खुद दे देते, गोबर दूसरे उठा ले जाते, युवती से बिगड़ते क्योंकर? वहाँ तो अब प्रेम उदय हो गया था! होली में उसे प्रथानुसार एक साड़ी दी; मगर अबकी गजी की साड़ी न थी, खूबसूरत-सी सवा दो रुपये की चुँदरी थी। होली की त्योहारी भी मामूली से चौगुनी थी और यह सिलसिला यहाँ तक बढ़ा कि वह चमारिन ही घर की मालकिन हो गई।

एक दिन संध्या-समय चमारों ने आपस में पंचायत की। बड़े आदमी है तो हुआ करें, क्या किसी की इज्जत लेंगे! इन एक लाला के बाप थे कि कभी किसी मेहरिया की ओर आँख उठाकर न देखा, (हालाँकि यह सरासर गलत था) और एक यह हैं कि नीच जाति की बहू-बेटियों पर भी डोरे डालते हैं! समझाने-बुझाने का मौका न था। समझाने से लाला

मानेंगे तो नहीं, उलटे और कोई मामला खड़ा कर देंगे। इनके कलम घुमाने की तो देर है। इसलिए निश्चय हुआ कि लाला साहब को ऐसा सबक देना चाहिए कि हमेशा के लिए याद हो जाये। इज्जत का बदला खून ही चुकाता है, लेकिन मरम्मत से भी कुछ उसकी पुरौती हो सकती है।

दूसरे दिन शाम को जब चम्मा मामू साहब के घर आई तो उन्होंने अन्दर का द्वार बन्द कर दिया। महीनों के असमंजस और हिचक और धार्मिक संघर्ष के बाद आज मामू साहब ने अपने प्रेम को व्यावहारिक रूप देने का निश्चय किया था। चाहे कुछ हो जाये, कुल-मरजाद रहे या जाय, बाप-दादा का नाम डूबे या उतराय!

उधर चमारों का जत्था ताक में था ही। इधर किवाड़ बन्द हुए, उधर उन्होंने द्वार खटखटाना शुरू कर किया। पहले तो मामू साहब ने समझा, कोई आसामी मिलने आया होगा, किवाड़ बन्द पाकर लौट जायेगा; लेकिन जब आदमियों का शोरगुल सुना तो घबड़ाये। जाकर किवाड़ों की दराज से झींका। कोई बीस-पच्चीस चमार लाठियाँ लिए, द्वार रोके खड़े किवाड़ों को तोड़ने की चेष्टा कर रहे थे। अब करें, तो क्या करें? भागने का कहीं रास्ता नहीं, चम्पा को कहीं छिपा नहीं सकते। समझ गये कि शामत आ गई। आशिकी इतनी जल्दी गुल खिलायेगी, यह क्या जानते थे, नहीं तो इस चमारिन पर दिल को आने ही क्यों देते। उधर चम्पा इन्हीं को कोस रही थी - तुम्हारा क्या बिगड़ेगा, मेरी तो इज्जत लुट गई। घरवाले है ही काटकर छोड़ेंगे, कहती थी, कभी किवाड़ बन्द न करो, हाथ-पाँव जोड़ती थी, मगर तुम्हारे सिर पर तो भूत सवार था। लगी मुँह में कालिख कि नहीं।

मामू साहब बेचारे इस कूचे में कभी न आये थे। कोई पक्का खिलाड़ी होता तो सौ उपाय निकाल लेता; लेकिन मामू साहब की तो जैसे सिट्टी-पिट्टी गुम हो गई। बरौठे में थर-थर काँपते 'हनुमान चालीसा' का पाठ करते हुए खड़े थे। कुछ न सूझता था।

और उधर द्वार पर कोलाहल बढ़ता जा रहा था, यहाँ तक कि सारा गाँव जमा हो गया। बाम्हन, ठाकुर, कायस्थ सभी तमाशा देखने और हाथ की खुजली मिटाने के लिए आ पहुँचे। इससे ज्यादा मनोरंजन और स्फूर्ति-वर्द्धक तमाशा और क्या होगा कि एक मर्द एक औरत के साथ घर में बन्द पाया जाय! फिर वह चाहे कितना ही प्रतिष्ठित और विनम्र क्यों न हो, जनता उसे किसी तरह क्षमा नहीं कर सकती। बढ़ई बुलाया गया किवाड़ फाड़े गये और मामू साहब भूसे की कोठरी में छिपे हुए मिले चम्पा आँगन में खड़ी रो रही थी। द्वार खुलते ही भागी। कोई उससे नहीं बोला। मामू साहब भागकर कहाँ जाते? वह जानते थे, उनके लिए भागने का रास्ता नहीं है। मार खाने के लिए तैयार बैठे थे। मार पड़ने लगी और

बेभाव की पड़ने लगी। जिसके हाथ में जो लगा - जूता, छड़ी, छाता, लात, घूँसा - सभी अस्त्र चले। यहाँ तक कि मामू साहब बेहोश हो गये और लोगों ने उन्हें मुर्दा समझकर छोड़ दिया। अब इतनी दुर्गति के बाद वह बच भी गये, तो गाँव में नहीं रह सकते और उनकी जमीन पट्टीदारों के हाथ आयेगी।

इस दुर्घटना की खबर उड़ते-उड़ते हमारे यहाँ भी पहुँची। मैंने भी उसका खूब आनन्द उठाया। पिटते समय उनकी रूप-रेखा कैसी रही होगी, इसकी कल्पना करके मुझे खूब हँसी आई।

एक महीने तक तो वह हल्दी और गुड पीते रहे। ज्योंही चलने-फिरने लायक हुए, हमारे यहाँ आये। यहाँ अपने गाँववालों पर डाके का इस्तगासा दायर करना चाहते थे।

अगर उन्होंने कुछ दीनता दिखाई होती, तो शायद मुझे हमदर्दी हो जाती; लेकिन उनका वही दम-खम था। मुझे खेलते या उपन्यास पढ़ते देखकर बिगड़ना और रोब जमाना और पिताजी से शिकायत करने की धमकी देना, यह अब मैं क्यों सहने लगा था! अब तो मेरे पास उन्हें नीचा दिखाने के लिए काफी मसाला था!

आखिर एक दिन मैंने यह सारी दुर्घटना एक नाटक के रूप में लिख डाली और अपने मित्रों को सुनाई। सबके सब खूब हंसे। मेरा साहस बढ़ा। मैंने उसे साफ-साफ़ लिखकर वह कॉपी मामू साहब के सिरहाने रख दी और स्कूल चला गया। दिल से कुछ डरता भी था, कुछ खुश भी था और कुछ घबराया हुआ भी था। सबसे बड़ा कुतूहल यह था कि ड्रामा पढ़कर मामू साहब क्या कहते हैं। स्कूल में जी न लगता था। दिल उधर ही टंगा हुआ था। छुट्टी होते ही घर चला गया। मगर द्वार के समीप आकर पाँव रुक गये। भय हुआ, कहीं मामू साहब मुझे मार न बैठें; लेकिन इतना जानता था कि वह एकाध थप्पड़ से ज्यादा मुझे मार न सकेंगे, क्योंकि मैं मार खाने वाले लड़कों में न था।

मगर यह मामला क्या है! मामू साहब चारपाई पर नहीं हैं, जहाँ वह नित्य लेटे हुए मिलते थे। क्या घर चले गये? आकर कमरा देखा, वहाँ भी सन्नाटा। मामू साहब के जूते, कपड़े, गठरी सब लापता। अन्दर जाकर पूछा। मालूम हुआ, मामू साहब किसी जरूरी काम से घर चले गये। भोजन तक नहीं किया।

मैंने बाहर आकर सारा कमरा छान मारा, मगर मेरा ड्रामा - मेरी वह पहली रचना - कहीं न मिली। मालूम नहीं, मामू साहब ने उसे चिरागअली के सुपुर्द कर दिया या अपने साथ स्वर्ग ले गये?

***

कश्मीरी सेब

कल शाम को चौक में दो-चार जरूरी चीजें खरीदने गया था। पंजाबी मेवाफरोशों की दुकानें रास्ते ही में पड़ती हैं। एक दुकान पर बहुत अच्छे रंगदार, गुलाबी सेब सजे हुए नजर आये। जी ललचा उठा। आजकल शिक्षित समाज में विटामिन और प्रोटीन के शब्दों में विचार करने की प्रवृत्ति हो गई है। टमाटो को पहले कोई सेंत से भी न पूछता था। अब टमाटो भोजन का आवश्यक अंग बन गया है। गाजर भी पहले गरीबों के पेट भरने की बीज थी। अमीर लोग तो उसका हलवा ही खाते थे; मगर अब पता चला है कि गाजर में भी विटामिन है, इसलिए गाजर को भी मेजों पर स्थान मिलने लगा है और सेब के विषय में तो यह कहा जाने लगा है कि एक सेब रोज खाइए तो आपको डॉक्टरों की जरूरत न रहेगी। डाक्टर से बचने के लिए हम निमकौड़ी तक खाने को तैयार हो सकते हैं। सेब तो रस और स्वाद में अगर आम से बढ़कर नहीं है तो घटकर नहीं है; हाँ बनारस के लंगड़े और लखनऊ के दसहरी और बम्बई के अल्का सोकी की बात दूसरी है। उसके टक्कर का फल तो संसार में दूसरा नहीं है, मगर उसमें विटामिन और प्रोटीन है या नहीं, है तो काफी है या नहीं आई। सेब को यह व्यवस्था मिल चुकी है। अब वह केवल स्वाद की चीज नहीं है, उसमें गुण भी हैं। हमने दुकानदार से मोल-भाव किया और आध सेर सेब मांगे।

दुकानदार ने कहा - बाबूजी बड़े मजेदार सेब आये हैं, खास कश्मीर के। आप ले जायँ, खाकर तबीयत खुश हो जाएगी।

मैंने रूमाल निकालकर उसे देते हुए कहा - चुन-चुनकर रखना।

दुकानदार ने तराजू उठाई और अपने नौकर से बोला - लौंडे, आध सेर कश्मीरी सेब निकाल ला। चुनकर लाना।

लौंडा चार सेब लाया। दुकानदार ने तोतला, एक लिफाफे में उन्हें रखा और रूमाल में बाँधकर मुझे दे दिया। मैंने चार आने उसके हाथ में रखे।

घर आकर लिफाफा ज्यों का त्यों रख दिया। रात को सेब या कोई दूसरा फल खाने का कायदा नहीं है। फल खाने का समय तो प्रातःकाल है। आज सुबह मुँह-हाथ धोकर जो नाश्ता करने के लिए एक सेब निकाला, तो सड़ा हुआ था। एक रुपये के आकार का छिलका गल गया था। समझा, रात को दुकानदार ने देखा न होगा। दूसरा निकाला। मगर यह आधा सड़ा हुआ था। अब सन्देह हुआ, दुकानदार ने मुझे धोखा तो नहीं दिया है। तीसरा सेब निकाला। यह सड़ा तो न था; मगर एक तरफ दबकर बिलकुल पिचक गया था। चौथा देखा।

वह यों तो बेदाग था; मगर उसमें एक काला सूराख था जैसा अक्सर बेरों में होता है। काटा तो भीतर वैसे ही धब्बे, जैसे किड़हे बेर में होते हैं। एक सेब भी खाने लायक नहीं। चार आने पैसों का इतना गम न हुआ जितना समाज के इस चारित्रिक पतन का। दुकानदार ने जान-बूझकर मेरे साथ धोखेबाजी का व्यवहार किया। एक सेब सड़ा हुआ होता, तो मैं उसको क्षमा के योग्य समझता। सोचता, उसकी निगाह न पड़ी होगी। मगर चारों के चारों खराब निकल जाएँ, यह तो साफ धोखा है। मगर इस धोखे में मेरा भी सहयोग था। मेरा उसके हाथ में रूमाल रख देना मानो उसे धोखा देने की प्रेरणा थी। उसने भाँप लिया कि यह महाशय अपनी आँखों से काम लेने वाले जीव नहीं हैं और न इतने चौकस हैं कि घर से लौटाने आयें। आदमी बेईमानी तभी करता है जब उसे अवसर मिलता है। बेईमानी का अवसर देना, चाहे वह अपने ढीलेपन से हो या सहज विश्वास से, बेईमानी में सहयोग देना है। पढ़े-लिखे बाबुओं और कर्मचारियों पर तो अब कोई विश्वास नहीं करता, किसी थाने या कचहरी या म्युनिसिपिलटी में चले जाइए, आपकी ऐसी दुर्गति होगी कि आप बड़ी से बड़ी हानि उठाकर भी उधर न जायेंगे। व्यापारियों की साख अभी तक बनी हुई थी। यों तोल में चाहे छटाँक आध छटांक कस लें; लेकिन आप उन्हें पाँच की जगह भूल से दस के नोट दे आते थे तो आपको घबड़ाने की कोई जरूरत न थी। आपके रुपये सुरक्षित थे। मुझे याद है, एक बार मैंने मुहर्रम के मेले में एक खोमचेवाले से एक पैसे की रेवड़ियाँ ली थी और पैसे की जगह अठन्नी दे आया था। घर आकर जब अपनी भूल मालूम हुई तो खोमचेवाले के पास दौड़ा गया। आशा नहीं थी कि वह अठन्नी लौटायेगा, लेकिन उसने प्रसन्नचित्त से अठन्नी लौटा दी और उलटे मुझसे क्षमा माँगी और यहाँ कश्मीरी सेब के नाम से सड़े हुए सेब बेचे जाते हैं! मुझे आशा है, पाठक बाजार में जाकर मेरी तरह आँखें न बन्द कर लिया करेंगे। नहीं तो, उन्हें भी कश्मीरी सेब ही मिलेंगे!

***

जीवन-सार[1]

मेरा जीवन सपाट, समतल मैदान है, जिसमें कहीं-कहीं गड्ढे तो हैं, पर टीलों, पर्वतों, घने जंगलों, गहरी घाटियों और खंडहरों का स्थान नहीं है। जो सज्जन पहाड़ों की सैर के शौकीन हैं उन्हें तो यहाँ निराशा ही होगी। मेरा जन्म संवत् 1867 में हुआ। पिता डाकखाने में क्लर्क थे, माता मरीज। एक बड़ी बहन भी थी। उस समय पिताजी शायद 20 रुपये पाते थे। 40 रुपये तक पहुँचते-पहुँचते उनकी मृत्यु हो गई। यों वह बड़े विचारशील, जीवन-पथ पर आँखें खोलकर चलने वाले आदमी थे; लेकिन आखिरी दिनों में एक ठोकर खा ही गये और खुद तो गिरे ही थे, उसी धक्के में मुझे भी गिरा दिया। पन्द्रह साल की अवस्था में उन्होंने मेरा विवाह कर दिया और विवाह करने के साल भर बाद ही परलोक सिधारे। उस समय मैं नवें दर्जे में पड़ता था। घर में मेरी स्त्री थी, विमाता थी, उनके दो बालक थे, और आमदनी एक पैसे की नहीं। घर में जो कुछ लेई-पूँजी थी, वह पिताजी की छः महीने की बीमारी और क्रिया-कर्म में खर्च हो चुकी थी और मुझे अरमान था, वकील बनने का और एम.ए. पास करने का। नौकरी उस जमाने में भी इतनी दुष्प्राप्य थी, जितनी अब है। दौड़-भूप करके शायद दस-बारह की कोई जगह पा जाता; पर यहाँ तो आगे पढ़ने की धुन थी - पाँव में लोहे की नहीं, अष्टधातु की बेड़ियाँ थी और मैं चढ़ना चाहता था पहाड़ पर।

पाँव में जूते न थे। देह पर साबित कपड़े न थे। महँगी अलग, रुपये 10 सेर के जौ थे। स्कूल से साढ़े तीन बजे छुट्टी मिलती थी। काशी के क्वींस कॉलेज में पड़ता था। हेडमास्टर ने फीस माफ कर दी थी। इम्तहान सिर पर था और मैं बाँस फाटक पर एक लड़के को पढ़ाने जाता था। जाड़ों के दिन थे। चार बजे पहुँचता था। पढ़ाकर छः बजे छुट्टी पाता। वहाँ से मेरा घर देहात में पाँच मील पर था। तेज चलने पर भी आठ बजे से पहले घर न पहुँच सकता। और प्रातःकाल आठ ही बजे फिर से चलना पड़ता था, कभी वक्त पर स्कूल न पहुँचता। रात को भोजन करके कुप्पी के सामने पढ़ने बैठता और न जाने कब सो जाता। फिर भी हिम्मत बाँधे था।

मैट्रिकुलेशन तो किसी तरह पास हो गया, पर आया सेकंड डिवीजन और क्वींस कॉलेज में भरती होने की आशा न रही। फीस केवल अव्वल दरजे वाले की ही मुआफ हो सकती थी। संयोग से उसी साल हिन्दू कॉलेज खुल गया। मैंने इस नये कॉलेज में पढ़ने का निश्चय किया। प्रिंसिपल थे मि. रिचर्डसन। उनके मकान पर गया। वह पूरे हिन्दुस्तानी वेश में थे। कुरता और धोती पहने फर्श पर बैठे कुछ लिख रहे थे। मगर मिज़ाज को तब्दील करना इतना आसान न था। मेरी प्रार्थना सुनकर - आधी ही कहने पाया था - बोले कि घर में

कॉलेज की बातचीत नहीं करता, कॉलेज में आओ। खैर, कॉलेज में गया। मुलाकात तो हुई, पर निराशाजनक। फीस मुआफ न हो सकती थी। अब क्या करूँ? अगर प्रतिष्ठित सिफारिशें ला सकता तो शायद मेरी प्रार्थना पर कुछ विचार होता; लेकिन देहाती युवक को शहर में जानता ही कौन था!

रोज घर से चलता कि कहीं से सिफारिश लाऊं, पर बाहर मील की मंजिल मारकर शाम को घर लौट आता। किससे कहूँ? कोई अपना पुछंतर न था।

कई दिनों के बाद एक सिफारिश मिली। एक ठाकुर इन्द्रनारायण सिंह हिन्दू कॉलेज की प्रबन्धकारिणी सभा में थे। उनसे जाकर रोया। उन्हें मुझ पर दया आ गई। सिफारिश चिट्ठी दे दी। उस समय मेरे आनन्द की सीमा न रही। खुश होता हुआ घर आया। दूसरे दिन प्रिंसिपल से मिलने का इरादा था; लेकिन घर पहुँचते ही मुझे ज्वर आ गया और दो सप्ताह से पहले न हिला। नीम का काढ़ा पीते-पीते नाक में दम आ गया। एक दिन द्वार पर बैठा था कि मेरे पुरोहितजी आ गये। मेरी दशा देखकर समाचार पूछा और तुरन्त खेतों में जाकर एक जड़ खोद लाये और उसे धोकर सात दाने काली मिर्च के साथ पिसवाकर मुझे पिला दिया। उसने जादू का असर किया। ज्वर चढ़ने में घंटे ही भर की देर थी। इस औषध ने, मानो जाकर उसका गला ही दबा दिया। मैंने पण्डितजी से बार-बार उस जड़ी का नाम पूछा पर उन्होंने न बताया। कहा - नाम बता देने से उसका असर जाता रहेगा।

एक महीने बाद मैं फिर मि. रिचर्डसन से मिला और सिफारिशी चिट्ठी दिखाई। प्रिंसिपल ने मेरी तरफ तीव्र नेत्रों से देखकर पूछा - इतने दिनों कहां थे?

'बीमार हो गया था।'

'क्या बीमारी थी?'

मैं इस प्रश्न के लिए तैयार न था। अगर ज्वर बताता हूँ तो शायद साहब मुझे झूठा समझें। ज्वर मेरी समझ में हल्की-सी चीज थी, जिसके लिए इतनी लम्बी गैरहाजिरी अनावश्यक थी। कोई ऐसी बीमारी बतानी चाहिए, जो अपनी कष्टसाध्यता के कारण दया को भी उभारे। उस वक्त मुझे और किसी बीमारी का नाम याद न आया। ठाकुर इन्द्रनारायण सिंह से जब मैं सिफारिश के लिए मिला था, तो उन्होंने अपने दिल की धड़कन की बीमारी की चर्चा की थी। वह शब्द मुझे याद आ गया।

मैंने कहा - पैलपिटेशन ऑफ हार्ट सर।

साहब ने विस्मित होकर मेरी ओर देखा और कहा - अब तुम बिलकुल अच्छे हो?

'जी हाँ।'

'अच्छा, प्रवेश-पत्र भरकर लाओ।'

मैंने समझा बेड़ा पार हुआ। फार्म लिया, खानापुरी की और पेश कर दिया। साहब उस समय कोई क्लास ले रहे थे। तीन बजे फार्म वापस मिला। उस पर लिखा था - इसकी योग्यता की जाँच की जाय।

यह नई समस्या उपस्थित हुई। मेरा दिल बैठ गया। अंग्रेजी के सिवा और किसी विषय में पास होने की मुझे आशा न थी और बीजगणित और रेखागणित से तो रूह काँपती थी। जो कुछ याद था, वह भी भूल-भाल गया था; लेकिन दूसरा उपाय ही क्या था? भाग्य का भरोसा करके क्लास में गया और अपना फार्म दिखाया। प्रोफेसर साहब बंगाली थे, अंग्रेजी पढ़ा रहे थे। वाशिंगटन इर्विंग का रिपिवान विंकिल था। मैं पीछे की कतार में जाकर बैठ गया और दो-ही-चार मिनट में मुझे ज्ञात हो गया कि प्रोफेसर साहब अपने विषय के ज्ञाता हैं। प्रथा समाप्त होने पर उन्होंने आज के पाठ पर मुझसे कई प्रश्न किये और फार्म पर 'संतोषजनक' लिख दिया।

दूसरा घंटा बीजगणित का था। इसके प्रोफेसर भी बंगाली थे। मैंने अपना फार्म दिखाया। नई संस्थाओं में प्रायः वही छात्र आते हैं, जिन्हें कहीं जगह नहीं मिलती। यहाँ भी यही हाल था। क्लासों में अयोग्य छात्र भरे हुए थे। पहले रेले में जो आया, वह भरती हो गया। भूख में साग-पात सभी रुचिकर होता है। अब पेट भर गया था। छात्र चुन-चुनकर लिये जाते थे। इन प्रोफेसर साहब ने गणित में मेरी परीक्षा ली और मैं फेल हो गया। फार्म पर गणित के खाने में 'असंतोषजनक' लिख दिया।

मैं इतना हताश हुआ कि फार्म लेकर प्रिंसिपल के पास न गया। सीधा घर चला आया। गणित मेरे लिए गौरीशंकर की चोटी थी। कभी उस पर न चढ़ सका। इंटरमीडिएट में दो बार गणित में फेल हुआ और निराश होकर इम्तहान देना छोड़ दिया। दस-बारह साल के बाद जब गणित की परीक्षा में अख्तियारी हो गई तब मैंने दूसरे विषय लेकर उसे आसानी से पास कर लिया। उस समय तक युनिवर्सिटी के इस नियम ने, कितने युवकों की आकांक्षाओं का खून किया, कौन कह सकता है! खैर! मैं निराश होकर घर तो लौट आया; लेकिन पढ़ने लालसा अभी तक बनी हुई थी। घर बैठकर क्या करता? किसी तरह गणित को सुधारूँ और कॉलेज में भरती हो जाऊँ, यही धुन थी। इसके लिए शहर में रहना जरूरी था। संयोग से एक वकील साहब के लड़के को पढ़ाने का काम मिल गया। पाँच रुपये वेतन ठहरा। मैंने दो रुपये में अपना गुजारा करके तीन रुपये घर पर देने का निश्चय किया। वकील साहब के अस्तबल के ऊपर एक छोटी-सी कच्ची कोठरी थी। उसी में रहने की आज्ञा ले ली। एक टाट का टुकड़ा बिछा दिया। बाजार से एक छोटा-सा लैम्प लाया और शहर में रहने लगा। घर से कुछ बरतन भी लाया। एक वक्त खिचड़ी पका लेता और बरतन धो-माँजकर लाइब्रेरी चला जाता। गणित तो बहाना था, उपन्यास आदि पढ़ा करता। पण्डित रतननाथ दर का

'फसाना-ए-आजाद' उन्हीं दिनों पड़ा। 'चन्द्रकान्ता-सन्तति' भी पड़ी। बंकिम बाबू के उर्दू अनुवाद, जितने पुस्तकालय में मिले, सब पड़ डाले। जिन वकील साहब के लड़कों को पढ़ाता था, उनके साले मेरे साथ मैट्रिकुलेशन में पढ़ते थे। उन्हीं की सिफारिश से मुझे यह पद मिला था। उनसे दोस्ती थी, इसलिए जब जरूरत होती, पैसे उधार ले लिया करता था। वेतन मिलने पर हिसाब हो जाता था। कभी दो रुपये हाथ आते, कभी तीन। जिस दिन वेतन के दो-तीन रुपये मिलते, मेरा संयम हाथ से निकल जाता। प्यासी तृष्णा हलवाई की दुकान की ओर खींच ले जाती। दो-तीन आने पैसे खाकर ही उठता। उसी दिन घर जाता और ढाई-तीन रुपये दे आता। दूसरे दिन से फिर उधार लेना शुरू कर देता; लेकिन कभी-कभी उधार माँगने में भी संकोच होता और दिन का दिन निराहार व्रत रखना पड़ जाता!

इस तरह चार-पाँच महीने बीते। इस बीच एक बजाज से दो-ढाई रुपये के कपड़े ले लिये थे। रोज उधर से निकलता था। उसे मुझ पर विश्वास हो गया था। जब महीने-दो महीने निकल गये और मैं रुपये न चुका सका, तो मैंने उधर से निकलना ही छोड़ दिया। चक्कर देकर निकल जाता। तीन साल के बाद उसके रुपये अदा कर सका। उसी जमाने में शहर का एक बेलदार मुझसे कुछ हिन्दी पढ़ने आया करता था। वकील साहब के पिछवाड़े उसका मकान था। 'जान लो भैया' उसका सखुनत किया था। हम लोग उसे 'जान लो भैया' ही कहा करते थे। एक बार मैंने उससे भी आठ आने पैसे उधार लिये थे। वह पैसे उसने मुझसे मेरे घर गाँव में जाकर पाँच साल बाद वसूल किये। मेरी अब भी पढ़ने की इच्छा थी; लेकिन दिन-दिन निराश होता जाता था। जी चाहता था, कहीं नौकरी कर लूं। पर नौकरी कैसे मिलती है और कहाँ मिलती है, यह न जानता था।

जाड़ों के दिन थे। पास एक कौड़ी न थी। दो दिन एक-एक पैसे का चबेना खाकर काटे थे। मेरे महाजन ने उधार देने से इंकार कर दिया था, या संकोचवश मैं उससे माँग न सका था। चिराग जल चुके थे। मैं एक बुकसेलर की दुकान पर एक किताब बेचने गया था। चक्रवती गणित की कुंजी थी। दो साल हुए, खरीदी थी। अब तक उसे बड़े जतन से रखे हुए था; पर आज चारों ओर से निराश होकर मैंने उसे बेचने का निश्चय किया। किताब दो रुपये की थी; लेकिन एक पर सौदा ठीक हुआ। मैं रुपया लेकर दुकान से उतरा ही था कि एक बड़ी-बड़ी मूंछों वाले सौम्य पुरुष ने, जो उस दुकान पर बैठे थे, मुझसे पूछा - तुम कहीं पढ़ते हो?

मैंने कहा - पढ़ता तो कहीं नहीं हूँ पर आशा करता हूँ कि कहीं नाम लिखा दूंगा।

'मैट्रिकुलेशन पास हो?'

'जी हाँ।'

'नौकरी करने की इच्छा तो नहीं है?'

वह सज्जन एक छोटे से स्कूल में हेडमास्टर थे। उन्हें एक सहायक अध्यापक की जरूरत थी। अठारह रुपये वेतन था। मैंने स्वीकार कर लिया। अठारह रुपये उस समय मेरी निराशा-व्यथित कल्पना की ऊँची से ऊँची उड़ान से भी ऊपर थे। मैं दूसरे दिन हेडमास्टर साहब से मिलने का वादा करके चला, तो पाँव जमीन पर न पड़ते थे। वह सन् 1899 की बात है। परिस्थितियों का सामना करने को तैयार था और गणित में अटक न जाता, तो अवश्य आगे जाता; पर सबसे कठिन परिस्थिति से यूनिवर्सिटी की मनोविज्ञान-शून्यता थी, जो उस समय और उसके कई साल बाद तक उस डाकू का सा व्यवहार करती थी, जो छोटे-बड़े सभी को एक ही खाट पर सुलाता है।

2

मैंने पहले-पहल 1907 में गप्पें लिखनी शुरू की। डॉक्टर रवीन्द्रनाथ की कई गल्पें मैंने अंग्रेजी में पड़ी थी और उनका उर्दू अनुवाद उर्दू पत्रिकाओं में छपवाया था। उपन्यास तो मैंने 1901 ही से लिखना शुरू किया। मेरा एक उपन्यास 1902 में निकला और दूसरा 1904 में; लेकिन गप्प 1907 से पहले मैंने एक भी न लिखी। मेरी पहली कहानी का नाम था, 'संसार का सबसे अनमोल रत्न'। वह 1909 में 'जमाना' में छपी। उसके बाद मैंने चार-पाँच कहानियाँ और लिखी। पांच कहानियों का संग्रह 'सोजे वतन' के नाम से 1902 में छपा। उस समय बंग-भंग का आंदोलन हो रहा था। कांग्रेस के गर्म दल की सृष्टि हो चुकी थी। इन पाँचों कहानियों में स्वदेश-प्रेम की महिमा गायी गई थी।

उस वक्त मैं शिक्षा-विभाग में सब-डिप्टी इंस्पेक्टर था और हमीरपुर के जिले में तैनात था। पुस्तक को छपे छः महीने हो चुके थे। एक दिन मैं रात को अपनी रावटी में बैठा हुआ था कि मेरे नाम जिलाधीश का परवाना पहुँचा, कि मुझसे तुरन्त मिलो। जाड़ों के दिन थे। साहब दौरे पर थे। मैंने बैलगाड़ी जुतवाई और रातों-रात 30-40 मील तय करके दूसरे दिन साहब से मिला। साहब के सामने 'सोजेवतन' की एक प्रति रखी हुई थी। मेरा माथा ठनका। उस वक्त मैं 'नवाबराय' के नाम से लिखा करता था। मुझे इसका कुछ-कुछ पता मिल चुका था कि खुफिया पुलिस इस किताब के लेखक की खोज में है। समझ गया, उन लोगों ने खोज निकाला और इसी की जवाबदेही करने के लिए मुझे बुलाया गया है।

साहब ने मुझसे पूछा - यह पुस्तक तुमने लिखी है?

मैंने स्वीकार किया।

साहब ने मुझसे एक-एक कहानी का आशय पूछा - और अन्त में बिगड़कर बोले - तुम्हारी कहानियों में 'सिडीशन' भरा हुआ है। अपने भाग्य को बखानों कि अंग्रेजी अमलदारी में हो। मुगलों का राज्य होता, तो तुम्हारे दोनों हाथ काट लिये जाते। तुम्हारी

कहानियाँ एकांगी हैं, तुमने अंग्रेजी सरकार की तौहीन की है, आदि। फैसला यह हुआ कि मैं 'सोजे वतन' की सारी प्रतियाँ सरकार के हवाले कर दूँ और साहब की अनुमति के बिना कभी कुछ न लिखूँ। मैंने समझा, चलो सस्ता छूटे। एक हजार प्रतियाँ छपी थी। अभी मुश्किल से 300 बिकी थी। शेष 700 प्रतियाँ मैंने 'जमाना कार्यालय' से मँगवाकर साहब की सेवा में अर्पण कर दी।

मैंने समझा था, बला टल गई; किन्तु अधिकारियों को इतनी आसानी से सन्तोष न हो सका। मुझे बाद में मालूम हुआ कि साहब ने इस विषय में जिले के अन्य कर्मचारियों से परामर्श किया। सुपरिण्टेण्डेण्ट पुलिस, दो डिप्टी कलेक्टर और डिप्टी इंस्पेक्टर - जिनके मैं मातहत था - मेरी तकदीर का फैसला करने बैठे। एक डिप्टी कलेक्टर साहब ने गप्पों से उद्दरण निकालकर सिद्ध किया कि इनमें आदि से अन्त तक सिडीशन के सिवा और कुछ नहीं है और सिडीशन भी साधारण नहीं; बल्कि संक्रामक। पुलिस के देवता ने कहा - ऐसे खतरनाक आदमी को जरूर सख्त सजा देनी चाहिए। डिप्टी इंस्पेक्टर साहब मुझसे बहुत स्नेह करते थे। इस भय से कि कहीं मुआमला तूल न पकड़ ले, उन्होंने यह प्रस्ताव किया कि वह मित्रभाव से मेरे राजनीतिक विचारों की थाह लें और उस कमेटी में रिपोर्ट पेश करें। उनका विचार था, कि मुझे समझा दें और रिपोर्ट में लिख दें कि लेखक केवल कलम का उग्र है और राजनीतिक आन्दोलन से उसका कोई संबंध नहीं है। कमेटी ने उनके प्रस्ताव को स्वीकार किया। हालाँकि पुलिस के देवता उस वक्त भी पैंतरे बदलते रहे।

सहसा कलेक्टर साहब ने डिप्टी इंस्पेक्टर से पूछा - आपको आशा है कि वह आपसे अपने दिल की बातें कह देगा?

'आप मित्र बनकर उसका भेद लेना चाहते हैं। यह तो मुखबिरी है। मैं इसे कमीनापन समझता हूं।'

डिप्टी साहब अप्रतिभ होकर हकलाते हुए बोले - मैं तो हुजूर के हुक्म... साहब ने बात काटी - नहीं, यह मेरा हुक्म नहीं है। मैं ऐसा हुक्म नहीं देना चाहता। अगर पुस्तक में लेखक का सिडीशन साबित हो सके, तो खुली अदालत में मुकदमा चलाइए, नहीं धमकी देकर छोड़ दीजिए। 'मुँह में राम बगल में छुरी' मुझे पसन्द नहीं।

जब यह वृत्तान्त डिप्टी इंस्पेक्टर साहब ने कई दिन पीछे खुद मुझसे कहा, तो मैंने पूछा - क्या आप सचमुच मेरी मुखबिरी करते?

वह हँसकर बोले - असम्भव। कोई लाख रुपये भी देता, तो न करता। मैं तो केवल अदालती कार्यवाही रोकना चाहता था, और वह रुक गई। मुकदमा अदालत में जाता, तो सजा हो जाना यकीनी था। यहाँ आपकी पैरवी करने वाला भी कोई न मिलता; मगर साहब है शरीफ आदमी।

मैंने स्वीकार किया - बहुत ही शरीफ़।

3

मैं हमीरपुर ही में था कि मुझे पेचिश की शिकायत पैदा हो गई। गर्मी के दिनों में देहातों में कोई हरी तरकारी मिलती न थी। एक बार कई दिन तक लगातार सूखी घुँइयाँ खानी पड़ी। यों मैं घुंइयों को बिच्छू समझता हूँ और तब भी समझता था; लेकिन न जाने क्योंकर यह धारणा मन में हो गई कि अजवाइन से घुँइयाँ का बादीपन जाता रहता है। खूब अजवाइन खा लिया करता। दस-बारह दिन तक किसी तरह का कष्ट न हुआ। मैंने समझा, शायद बुन्देलखण्ड की पहाड़ी जलवायु ने मेरी दुर्बल पाचन शक्ति को तीव्र कर दिया; लेकिन एक दिन पेट में दर्द हुआ और सारे दिन मैं मछली की भाँति तड़पता रहा। फंकियाँ लगाई; मगर दर्द न कम हुआ। दूसरे दिन से पेचिश हो गई; मल के साथ आँव आने लगा; लेकिन दर्द जाता रहा।

एक महीना बीत चुका था। मैं एक कस्बे में पहुँचा, तो वहाँ के थानेदार साहब ने मुझसे थाने ही में ठहरने और भोजन करने का आग्रह किया। कई दिन से मूँग की दाल खाते और पथ्य करते-करते ऊब उठा था। सोचा, क्या हरज है, आज यही ठहरो। भोजन तो स्वादिष्ट मिलेगा! थाने ही में अड्डा जमा दिया। दारोगाजी ने जमीकन्द का सालन पकवाया, पकौड़ियों, दही-बड़े, पुलाव। मैंने एहतियात से खाया - जमीकन्द तो मैंने केवल दो फाँके खायी, लेकिन खा-पीकर जब थाने के सामने दारोगाजी के इस के बँगले में लेटा, तो दो-ढाई घंटे के बाद पेट में फिर दर्द होने लगा। सारी रात और अगले दिन-भर कराहता रहा। सोडे की बोतलें पीने के बाद कै हुई, तो जाकर चैन मिला। मुझे विश्वास हो गया, यह जमीकन्द की कारस्तानी है। घुँइयाँ से पहले मेरी कुट्टी हो चुकी थी। अब जमीकन्द से भी बैर हो गया। तब से इन दोनों चीजों की सूरत देखकर मैं काँप जाता हूँ। दर्द तो फिर जाता रहा; पर पेचिश ने अड्डा जमा लिया। पेट में चौबीसों घंटे तनाव बना रहता, व्यायाम करता, पथ्य से भोजन करता, कोई न कोई औषधि भी खाया करता; किन्तु पेचिश टलने का नाम न लेती थी और देह भी घुलती जाती थी। कई बार कानपुर आकर दवा कराई, एक बार महीने-भर प्रयाग में डाक्टरी और आयुर्वेदिक औषधियों को सेवन किया; पर कोई फायदा नहीं।

तब मैंने तबादला कराया। चाहता था रूहेलखण्ड, पर पटका गया बस्ती जिले में और हलका वह मिला जो नेपाल की तराई है। सौभाग्य से वहीं मेरा परिचय स्व. पं. मनन द्विवेदी

गगरी से हुआ, जो डोमरियागंज में तहसीलदार थे। कभी-कभी उनके साथ साहित्य-चर्चा हो जाती थी; लेकिन यहाँ आकर पेचिश और बढ़ गई। तब मैंने छः महीने की छुट्टी ली; और लखनऊ के मेडिकल कॉलेज से निराश होकर काशी के एक हकीम से इलाज कराने लगा। तीन-चार महीने बाद कुछ थोड़ा-सा फायदा तो मालूम हुआ, पर बीमारी जड़ से न गई। जब फिर बस्ती पहुँचा तो वही हालत हो गई। तब मैंने दौरे की नौकरी छोड़ दी और बस्ती हाई स्कूल में स्कूल मास्टर हो गया। फिर यहाँ से तबदील होकर गोरखपुर पहुँचा। पेचिश पूर्ववत् जारी रही। यहाँ मेरा परिचय महावीर प्रसादजी पोद्दार से हुआ जो साहित्य के मर्मज्ञ, राष्ट्र के सच्चे सेवक और बड़े ही उद्योगी पुरुष है। मैंने बस्ती से ही 'सरस्वती' में कई गल्पे छपवाई थी। पोद्दारजी की प्रेरणा से मैंने फिर उपन्यास लिखा और 'सेवासदन' की सृष्टि हुई। वहीं मैंने प्राइवेट बी.ए. भी पास किया। 'सेवासदन' का जो आदर हुआ, उससे उत्साहित होकर मैंने 'प्रेमाश्रम' लिख डाला और गल्पे भी बराबर लिखता रहा।

कुछ मित्रों की, विशेषकर पोद्दारजी की सलाह से मैंने जल-चिकित्सा आरम्भ की; लेकिन तीन-चार महीने के स्नान और पथ्य का मेरे दुर्भाग्य से यह परिणाम हुआ कि मेरा पेट बढ़ गया और मुझे रास्ता चलने में भी दुर्बलता मालूम होने लगी। एक बार कई मित्रों के साथ मुझे एक जीने पर बढ़ने का अवसर पड़ा और लोग धड़-धड़ाते हुए चले गये, पर मेरे पाँव ही न उठते थे। बड़ी मुश्किल से हाथों का सहारा लेते हुए ऊपर पहुँचा। उसी दिन मुझे अपनी कमजोरी का यथार्थ ज्ञान हुआ। समझ गया, अब थोड़े दिनों का और मेहमान हूँ जल-चिकित्सा बन्द कर दी।

एक दिन सभा समय उर्दू बाजार में श्री दशरथप्रसादजी द्विवेदी, सम्पादक, 'स्वदेश' से मेरी भेंट हो गई। कभी-कभी उनसे भी साहित्य चर्चा होती रहती थी। उन्होंने मेरी पीली सूरत देखकर खेद के साथ कहा - बाबूजी, आप तो बिलकुल पीले पड़ गये हैं, कोई इलाज कराइए।

मुझे अपनी बीमारी का जिक्र बुरा लगता था। मैं भूल जाना चाहता था कि मैं बीमार हूँ। जब दो-चार महीने का जिन्दगी से नाता है, तो क्यों न हँसकर मरूँ? मैंने चिढ़कर कहा - मर ही तो जाऊँगा भई, या और कुछ! मैं मौत का स्वागत करने को तैयार हूँ। द्विवेदी बेचारे लज्जित हो गये। मुझे पीछे से अपनी उग्रता पर बड़ा खेद हुआ। यह 1921 की बात है। असहयोग आन्दोलन जोरों पर था। जलियाँवाला बाग का हत्याकांड हो चुका था। उन्हीं दिनों महात्मा गांधी ने गोरखपुर का दौरा किया। गाजीमियाँ के मैदान में ऊँचा प्लेटफार्म तैयार किया गया। दो लाख से कम जमाव न था। क्या शहर, क्या देहात, श्रद्धालु जनता

दौड़ी चली आती थी। ऐसा समारोह मैंने अपने जीवन में कभी न देखा। महात्माजी के दर्शनों का यह प्रताप था, कि मुझे जैसा मरा हुआ आदमी भी चेत उठा। उसके दो ही चार दिन बाद मैंने अपनी 20 साल की नौकरी से इस्तीफा दे दिया।

अब देहात में चलकर कुछ प्रचार करने की इच्छा हुई। पोद्दारजी का देहात में एक मकान था। हम और वह दोनों वहाँ चले गये और चर्खे बनवाने लगे। वहाँ जाने के एक ही सप्ताह बाद मेरी पेचिश कम होने लगी। यहाँ तक कि एक महीने के अन्दर मल के साथ आव का आना बन्द हो गया। फिर मैं काशी चला आया और अपने देहात में बैठकर कुछ प्रचार और कुछ साहित्य-सेवा में जीवन को सार्थक करने लगा। गुलामी से मुक्त होते ही मैं नौ साल के जीर्ण रोग से मुक्त हो गया।

इस अनुभव ने मुझे कट्टर भाग्यवादी बना दिया है। अब मेरा दृढ़ विश्वास है कि भगवान् की जो इच्छा होती है वही होता है, और मनुष्य का उद्योग भी इच्छा के बिना सफल नहीं होता।

***

१. आत्म कहानी

तथ्य

वह भेद अमृत के मन में हमेशा ज्यों का त्यों बना रहा और कभी न खुला। न तो अमृत की नजरों से, न उसकी बातों से और न रंग-ढंग से ही पूर्णिमा को कभी इस बात का नाम को भी भ्रम हुआ कि साधारण पड़ोसियों का जिस तरह बर्ताव होना चाहिए और लड़कपन की दोस्ती का जिस तरह निबाह होना चाहिए उसके सिवा अमृत का मेरे साथ और भी किसी प्रकार सम्बन्ध है या हो सकता है। बेशक जब वह घड़ा लेकर कुएँ पर पानी खींचने के लिए जाती थी तब अमृत भी ईश्वर जाने कहाँ से वहाँ आ पहुँचता था और जबरदस्ती उसके हाथ से घड़ा छीनकर उसका पानी खींच देता था और जब वह अपनी गाय को सानी देने लगती थी तब वह उसके हाथ से भूसे की टोकरी ले लेता था और गाय की नाँद में सानी डाल देता था। जब वह बनिये की दुकान पर कोई चीज लेने जाती थी तब अमृत भी अक्सर उसे रास्ते में मिल जाया करता था और उसका काम कर देता था।

पूर्णिमा के घर में कोई दूसरा लड़का या आदमी नहीं था। उसके पिता का कई साल पहले परलोकवास हो चुका था और उसकी माँ परदे में रहती थी। जब अमृत पढ़ने जाने लगता तब पूर्णिमा के घर जाकर पूछ लिया करता कि बाजार से कुछ मँगवाना तो नहीं है। उसके दर में खेती-बारी होती थी, गायें-भैंसे थी और बाग-बगीचे भी थे। वह अपने घरवालों की नजर बचाकर फसल की चीजें सौगात के तौर पर पूर्णिमा के घर दे आता था लेकिन पूर्णिमा उसकी खातिरदारियों को उसकी भलमनसाहत और खाने-पीने से सन्तुष्ट होने के सिवा और क्यों समझे? एक गाँव में रहने वाले चाहे किसी प्रकार का रक्त-सम्बन्ध या कोई रिश्तेदारी न रखते हों, लेकिन फिर भी गाँव के रिश्ते से भाई-बहन तो होते ही हैं। इसलिए इन खातिरदारियों में कोई खास बात न थी।

एक दिन पूर्णिमा ने उससे कहा भी, कि तुम दिन-भर मदरसे में रहते हो, मेरा जी घबराता है।

अमृत ने सीधी तरह से कह दिया - क्या करूँ, इम्तहान पास आ गया है।

'मैं सोचा करती हूँ कि जब मैं चली जाऊँगी, तब तुम्हें कैसे देखूँगी और तुम क्यों मेरे घर आओगे?'

अमृत ने घबराकर पूछा - कहाँ चली जाओगी?

पूर्णिमा लजा गई। फिर बोली - जहाँ तुम्हारी बहनें चली गई, जहाँ सब लड़कियाँ चली जाती है।

अमृत ने निराश भाव से कहा - अच्छा, वह बात!

इतना कहकर अमृत चुप हो गया। अभी तक यह बात कभी उसके ध्यान में ही नहीं आई थी कि पूर्णिमा कहीं चली भी जायेगी। इतनी दूर तक सोचने की उसे फुरसत ही नहीं थी। प्रसन्नता तो वर्तमान में ही मस्त रहती है। यदि भविष्य की बातें सोचने लगे तो फिर प्रसन्नता ही क्यों रहें?

और अमृत जितनी जल्दी इस दुर्घटना के होने की कल्पना कर सकता था, उससे पहले ही यह दुर्घटना एक खबर के रूप में सामने आ गई। पूर्णिमा के ब्याह की एक जगह बातचीत हो गई। अच्छा दौलतमन्द खानदान था और साथ ही इज्जतदार भी। पूर्णिमा की माँ ने उसे बहुत खुशी से मंजूर भी कर लिया। गरीबी की उस हालत में उसकी नजरों में जो चीज सबसे ज्यादा प्यारी थी, वह दौलत थी। और यहाँ पूर्णिमा के लिए सब तरह से सुखी रहकर जिन्दगी बिताने के सामान मौजूद थे मानो उसे मुँह-माँगी मुराद मिल गई हो। इससे पहले वह मारे फिक्र के घुली जाती थी। लड़की के ब्याह का ध्यान आते ही उसका कलेजा धड़कने लगता था। अब मानो परमात्मा ने अपने एक ही कटाक्ष से उसकी सारी चिन्ताओं और विकलताओं का अन्त कर दिया।

अमृत ने सुना तो उसकी हालत पागलों की-सी हो गई। वह बेतहाशा पूर्णिमा के घर की तरफ दौड़ा, मगर फिर लौट पड़ा। होश ने उसके पैर रोक दिये। वह सोचने लगा कि वहाँ जाने से क्या फायदा? आखिर उसमें उसका कसूर ही क्या है? और किसी का क्या कसूर है? अपने घर आया और मुँह ढंककर लेटा रहा। पूर्णिमा चली जाएगी फिर वह कैसे रहेगा? वह विचलित-सा होने लगा। वह जिन्दा ही क्यों रहे? जिन्दगी में रखा ही क्या है? लेकिन यह भाव भी दूर हो गया और उसका स्थान लिया उस निस्तब्धता ने, जो तूफान के बाद आती है। वह उदासीन हो गया। जब पूर्णिमा जाती ही है, तो वह उसके साथ कोई संबंध क्यों रखे? क्यों मिले-जुले? और अब पूर्णिमा को उसकी परवाह ही क्यों होने लगी? और परवाह थी ही कब? वह आप ही उसके पीछे कुत्तों की तरह दुम हिलाता रहता था। पूर्णिमा ने तो कभी बात भी नहीं पूछी। और अब उसे क्यों न अभिमान हो? एक लखपति की स्त्री बनने जा रही है। शौक से बने। अमृत भी जिन्दा रहेगा। मरेगा नहीं। यही इस जमाने की वफादारी की रस्म है।

लेकिन यह सारी तेजी दिल के अन्दर ही अन्दर थी और निरर्थक थी। भला उसमें इतनी हिम्मत कहाँ थी कि जाकर पूर्णिमा की माँ से कह दे कि पूर्णिमा मेरी है और मेरी ही रहेगी। गजब हो जायेगा। गाँव में आफत मच जाएगी। ऐसी बातें न गाँव की कहानियों में कभी सुनी है और न देहातों में कभी देखी हैं!

और पूर्णिमा का यह हाल था कि दिन-भर उसका रास्ता देखा करती थी। वह सोचती थी कि क्यों मेरे दरवाजे से होकर निकल जाता है और अन्दर नहीं आता? कभी रास्ते में मुलाकात हो जाती है तो मानो उसकी परछाई से भागता है। वह पानी की कलसी लेकर कुएँ पर खड़ी रहती है और सोचती है कि वह आता होगा। लेकिन वह कहीं दिखाई ही नहीं देता।

एक दिन वह उसके दर गई और उससे जवाब माँगा। उसने पूछा - तुम आजकल आते क्यों नहीं? बस उसी समय उसका गला भर आया। उसे याद आ गया कि अब वह इस गाँव में थोड़े दिनों की मेहमान है।

लेकिन अमृत चुपचाप ज्यों का त्यों बैठा रहा। लापरवाही से उसने सिर्फ इतना कहा - इम्तहान पास आ गया है। फुरसत नहीं मिलती।

फिर कुछ ठहरकर उसने कहा - सोचता हूँ जब तुम जा ही रही हो...। वह कहना ही चाहता था कि - तो फिर अब मुहब्बत क्यों बढ़ाऊँ। मगर उसे ध्यान आ गया कि बहुत मूर्खता की बात है। अगर कोई रोगी मरने जा रहा है, तो क्या इसी विचार से उसका इलाज छोड़ दिया जाता है कि वह मरेगा ही? इसके विपरीत ज्यों-ज्यों उसकी हालत और खराब होती जाती है, त्यों-त्यों लोग भी अधिक तत्परता से उसकी चिकित्सा करते हैं। और जब उसका अन्तिम समय आ जाता है, तब तो दौड़-धूप की हद ही नहीं रहती। उसने बात का रुख बदलकर कहा - सुना है, वह लोग भी बहुत मालदार हैं।

पूर्णिमा ने उसके ये अन्तिम शब्द सुने ही नहीं या उनका जवाब देने की जरूरत ही नहीं समझी। उसके कानों में तो जवाब का पहला हिस्सा ही गूंज रहा था!

उसने बहुत ही दुःखपूर्ण भाव से कहा - तो इसमें मेरा क्या कसूर है? मैं अपनी खुशी से तो जा नहीं रही हूँ। जाना पड़ता है, इसलिए जा रही हूँ।

यह कहते-कहते मारे लज्जा से उसका चेहरा लाल हो गया। जितना उसे कहना चाहिए था, शायद उसे ज्यादा वह कह गई थी।

मुहब्बत में भी शतरंज की-सी चालें होती हैं। अमृत ने उसकी तरफ इस तरह देखा कि मानो वह इस बात की जाँच करना चाहता है कि इन शब्दों में कुछ अर्थ भी है या नहीं। क्या अच्छा होता कि उसकी आँखों में आर-पार देखने की शक्ति होती। इस तरह तो सभी लड़कियों निराश भाव से बात करती हैं, मानो ब्याह होते ही उनकी जान पर आ बनेगी। मगर सभी लड़कियाँ एक न एक दिन अच्छे-अच्छे गहने-कपड़े पहनकर और पालकी में बैठकर चली जाती हैं। इन बातों से उसको कोई सन्तोष नहीं हुआ।

फिर डरते-डरते बोला - तब तुम्हें मेरी याद क्यों आयेगी?

उसके माथे पर पसीना आ गया। उसे ऐसी बेढब शरमिन्दगी हुई कि जी चाहा कि कमरे से बाहर भाग जाऊँ। पूर्णिमा की ओर देखने की हिम्मत भी नहीं हुई। कहीं वह समझ न गई हो।

पूर्णिमा ने सिर झुकाकर मानों अपने दिल से कहा - तुम मुझे इतना निर्मोही समझते हो! मैं बेकसूर हूँ और तुम मुझसे रूठते हो। तुम्हें इस समय मेरे साथ सहानुभूति होनी चाहिए थी। तुम्हें उचित था कि तुम मुझे ढांढस देते और तुम मुझसे तने बैठे हो। तुम्हीं बतलाओ कि मेरे लिए और कौन-सा दूसरा रास्ता है? जो मेरे अपने हैं, वही मुझे गैर के घर भेज रहे हैं। वहाँ मुझ पर क्या बीतेगी? मेरी क्या हालत होगी? क्या यही गम मेरी जान लेने के लिए काफी नहीं है जो तुम उसमें अपना गुस्सा भी मिलाये देते हो?

उसका गला फिर भर आया। आज पूर्णिमा को इस प्रकार दुःखी और उदास देखकर अमृत को विश्वास हो गया कि उसके अन्दर भी एक छिपी हुई वेदना है। उसका ओछापन और स्वार्थपरता मानो कालिख बनकर उसके चेहरे पर चमकने लगी। पूर्णिमा के इन शब्दों में पूरी सत्यता थी। जो पराए हों उनसे शिकायत ही क्यों करे? अवश्य ही ऐसी अवस्था में उसे पूर्णिमा को ढाढस दिलाना चाहिए था। यह उसका कर्त्तव्य है उसे बहुत प्रसन्नता के साथ पूरा करना चाहिए था। पूर्णिमा ने प्रेम का एक नया आदर्श सामने रख दिया था और उसका विवेक इस आदर्श से बचकर नहीं निकलने देता था। इसमें संदेह नहीं कि प्रेम भी एक स्वार्थ-त्याग है, परन्तु बहुत बड़ा और जिगर को जलाने वाला है।

उसने लज्जित होकर कहा - माफ करो पूर्णिमा, मेरी भूल थी; बल्कि बेवकूफी थी।

2

पूर्णिमा का ब्याह हो गया। अमृत जी-जान से उसके ब्याह के प्रबन्ध में लगा रहा। दूल्हा अधेड़ था। तोंदल और भोंडा था और साथ ही बहुत घमंडी, बद-मिज़ाज भी था। लेकिन अमृत ऐसी तत्परता से उसकी खातिरदारी कर रहा था मानो वह कोई देवता हो और उसकी एक ही मुस्कुराहट उसे स्वर्ग में पहुँचा देगी। पूर्णिमा के साथ बातचीत करने का अमृत को अवसर ही नहीं मिला और न अवसर निकालने का कोई प्रयत्न ही किया। वह पूर्णिमा को जब देखता था, तब वह रोती ही रहती थी और अमृत आँखों की ज़ुबान से जहाँ तक हो सकता था, बिना कुछ कहे ही उसे जितना ढांढस और तसल्ली दे सकता था, वह देता था और उसके प्रति सहानुभूति दिखाता था।

तीसरे दिन पूर्णिमा रो-धोकर ससुराल के लिए विदा हो गई। अमृत ने उसी दिन शिवजी के मन्दिर में जाकर परम निष्ठा तथा भक्ति से भरे हुए दिल से प्रार्थना की कि पूर्णिमा सदा सुखी रहे। जब नया और ताजा गम हो तो फिर इधर-उधर के और फालतू विचारों का भला

कहीं प्रवेश हो सकता है। दुःख तो आत्मा के रोगों का नाशक है परन्तु मन में उसे एक तरह की शून्यता का अनुभव हो रहा था, मानो अब उसका जीवन उजाड़ हो गया था। अब उसका कोई उद्देश्य या कोई कामना नहीं रह गई थी।

3

तीन बरस बाद पूर्णिमा फिर मैके आई। इस बीच में अमृत का भी ब्याह हो गया और जीवन का जुआ गरदन पर रखे हुए लकीर पीटता चला जा रहा था। परन्तु उसके मन में एक ऐसी अस्पष्ट-सी वासना दबी हुई थी, जिसे वह कोई स्पष्ट रूप नहीं दे सकता था। वह वासना थर्मामीटर के पारे की तरह उसके अन्दर सुरक्षित थी। अब पूर्णिमा ने आकर उसमें गरमी पैदा कर दी थी और वह पारा बढ़कर सरसाम की सीमा तक जा पहुँचा था। उसकी गोद में दो बरस का एक प्यारा-सा बच्चा था; अमृत उस बच्चे को दिन-रात मानो गले से बाँधे रहता था। वह सवेरे और सन्ध्या उसे गोद में लेकर टहलने जाया करता था और उसके लिए बाजार से तरह-तरह के खिलौने और मिठाइयाँ लाया करता था। सवेरा होते ही उसके जलपान के लिए हलुआ और दूध लेकर पहुँच जाता था। उसे नहलाता-धुलाता और उसके बाल साफ करता था। उसके फोड़े-फुंसियां धोकर उन पर मलहम लगाता था। ये सभी सेवाएं उसने अपने जिम्मे ले ली थी। बच्चा भी उसके साथ इतना हिल-मिल गया था कि पल-भर के लिए भी उसका गला न छोड़ता था। यहाँ तक कि कभी-कभी उसी के पास सो भी जाता था और पूर्णिमा के आकर बुलाने पर भी उसके साथ नहीं जाता था।

अमृत पूछता - तुम किसके बेटे हो।

बच्चा कहता - टुमाले।

अमृत मारे आनन्द के मतवाला होकर उसे गले से लगा लेता था।

पूर्णिमा का रूप अब और भी निखर आया था। कली खिलकर फूल हो गई थी। अब उसके स्वभाव में अहमन्यता और अभिमान आ गया था और साथ ही बनाव-सिंगार से प्रेम भी हो गया था। सोने के गहनों से सजकर और रेशमी साड़ी पहनकर अब वह और भी अधिक आकर्षक हो गई थी और ऐसा जान पड़ता था कि मानो वह अमृत से कुछ बचना चाहती है। बिना कोई विशेष आवश्यकता हुए उससे बहुत कम बोलती है और जो कुछ बोलती भी है वह इस ढंग से बोलती कि मानो अमृत पर कोई एहसान कर रही है। अमृत उसके बच्चे के लिए इतनी जान देता है और उसकी फरमाइशों को कितने शौक से पूरा करता है, लेकिन ऊपर से देखने पर यही जान पड़ता था कि पूर्णिमा की निगाहों में उसकी

इन सब सेवाओं का कोई मूल्य ही नहीं था। मानो सेवा करना अमृत का कर्त्तव्य ही है और यह कर्त्तव्य उसे पूरा करना चाहिए। इसके लिए वह किसी प्रकार के धन्यवाद या कृतज्ञता का अधिकारी नहीं है।

जब बच्चा रोता है, तब वह उसे धमकाती है कि खबरदार, रोना नहीं। नहीं तो मामाजी तुमसे कभी न बोलेंगे और इतना सुनते ही बच्चा चुप हो जाता है।

जब उसे किसी चीज की जरूरत होती है। तब वह अमृत को बुलाकर मानो आज्ञा के रूप में उससे कह देती है। और अमृत भी तुरन्त उस आज्ञा का पालन करता है, मानो वह उसका गुलाम हो। वह भी शायद यही समझती है कि मैंने अमृत से गुलामी का पट्टा लिखा लिया है।

छः महीने मैके रहकर पूर्णिमा फिर ससुराल चली गई। अमृत उसे पहुँचाने कि लिए स्टेशन तक आया था। जब वह गाड़ी में बैठ गई तब अमृत ने बच्चा उसकी गोद में दे दिया। अमृत की आँखों से आँसू की बूँद टपक पड़ी और उसने मुँह फेर लिया और आंखों पर हाथ फेरकर आंसू पोंछ डाला। पूर्णिमा को अपने आँसू कैसे दिखाए? क्योंकि उसकी आँखें तो बिलकुल खुश्क थी। लेकिन फिर भी उसका जी नहीं मानता था। वह सोचता था कि न जाने अब फिर कब मुलाकात हो।

पूर्णिमा ने कुछ अभिमान के साथ कहा - बच्चा कई दिन तक तुम्हारे लिए बहुत हुड़केगा।

अमृत ने भरे हुए गले से कहा - मुझे तो उम्र-भर भी इसकी सूरत नहीं भूलेगी।

'कभी-कभी एकाध पत्र तो भेज दिया करो।'

'भेजूँगा।'

'मगर मैं जवाब नहीं दूँगी, यह समझ लो।'

'मत देना। मैं माँगता तो नहीं...। मगर याद रखना।'

गाड़ी चल पड़ी। अमृत उसकी खिड़की की ओर देखता रहा। गाड़ी के कोई एक फलांग निकल जाने पर उसने देखा कि पूर्णिमा ने खिड़की से सिर निकालकर उसकी तरफ देखा और फिर बच्चे को गोद में लेकर उसे जरा-सा दिखला दिया।

अमृत का हृदय उस समय उड़कर पूर्णिमा के पास पहुँच जाना चाहता था। वह इतना प्रसन्न है, मानो उसका उद्देश्य सिद्ध हो गया हो।

4

उसी वर्ष पूर्णिमा की माँ का देहान्त हो गया। पूर्णिमा उस समय सफर में थी। वह अपनी माँ को अन्तिम समय में न देख सकी। जहाँ तक हो सकता था, अमृत ने पहले तो उसकी चिकित्सा की और उसके मर जाने पर उसका क्रियाकर्म भी कर दिया। ब्राह्मणों को भी और बिरादरीवालों को भी भोजन कराया, मानो स्वयं उसकी माँ मर गई हो। स्वयं उसके पिता का देहान्त हो ही चुका था, इसलिए वह आप ही अपने घर का मालिक हो गया था। कोई उसका हाथ पकड़नेवाला नहीं था।

पूर्णिमा अब भला किस नाते से मैके आती? और फिर अब उसे इतनी फुरसत कहाँ थी! अपने घर की मालकिन थी। घर किस पर छोड़कर आती। उसे दो बच्चे और भी हुए। पहला लड़का बड़ा होकर स्कूल में पढ़ने लगा। छोटा देहात के मदरसे में पड़ता था। अमृत साल में एक बार नाई को भेजकर उन सबकी खैर-सल्ला मँगा लिया करता था। पूर्णिमा सब प्रकार से सुखी और निश्चिन्त है, और उसकी तसल्ली के लिए इतना ही काफी था। अमृत के लड़के भी सयाने हो गये थे। वह घर-गृहस्थी की चिन्ताओं में फंसा रहता था। फिर उसकी उम्र भी चालीस से आगे निकल गई थी। परन्तु फिर भी पूर्णिमा की स्मृति अभी तक उसके हृदय के गम्भीरतर भाग में सुरक्षित थी।

5

अचानक एक दिन अमृत ने सुना कि पूर्णिमा के पति का देहान्त हो गया। परन्तु आश्चर्य यह था कि उसे कोई दुःख नहीं हुआ। वह यों ही अपने मन में यह निश्चय कर बैठा था कि इस खबीस बुड्ढे के साथ पूर्णिमा का जीवन कभी ईर्ष्या के योग्य नहीं हो सकता। कर्तव्य की विवशता और पतिव्रत धर्म के पालन के विचार से उसने कभी अपना हार्दिक कष्ट प्रकट नहीं किया था। परन्तु यह असम्भव है कि सभी प्रकार के सुख और निश्चिन्तता के रहते हुए भी उस घृणित व्यक्ति के साथ उसे कोई विशेष प्रेम रहा हो। यह तो भारतवर्ष ही है, जहाँ ऐसी अप्सराएं ऐसे अयोग्य कुपात्रों के गले बाँध दी जाती हैं, और नहीं तो यह पूर्णिमा किसी दूसरे देश में होती, तो उस देश के नवयुवक उस पर निछावर हो जाते। उसकी मरी वासनाएँ फिर जीवित हो गई। अब उसमें वह पहले वाली झिझक नहीं है और न उसकी ज़ुबान पर वह पहले वाली मौन की मोहर ही है और फिर पूर्णिमा भी अब स्वतंत्र है। अवस्था के धर्म ने अवश्य ही उसे अधिक दयालु बना दिया होगा। वह शोखी, अल्हड़पन और लापरवाही तो कभी की विदा हो चुकी होगी। उस लड़कपन की जगह अब उसमें अनुभवी

स्त्रियों की वे सब बातें हो गई होंगी, जो प्रेम का आदर करती हैं और उसकी इच्छुक होती हैं। वह पूर्णिमा के घर मातमपुरसी करने जाएगा और उसे अपने साथ ले आयेगा। और जहाँ तक हो सकेगा, उसकी सेवा करेगा। अब पूर्णिमा के केवल सामीप्य से ही उसको सन्तोष हो जाएगा। वह केवल उसके मुँह से यह सुनकर ही हार्दिक सन्तोष प्राप्त करेगा कि वह भी उसे याद करती है। अब भी उससे वही बचपन का-सा प्रेम करती है। बीस साल पहले उसने पूर्णिमा की जो सूरत देखी थी, उसका शरीर भरा हुआ था, गालों पर लाली थी, अंगों में कोमलता थी। उसकी खिंची हुई जोड़ी थी जो मानो अमृत के भरे कुण्ड के समान थी। उसकी मुस्कुराहट मादक थी। बस उसका वही रूप अब भी बहुत ही थोड़े परिवर्तन के साथ उसकी अस्त्रों में समाया हुआ था। और वह परिवर्तन उस एकान्त की आँखों में उसे और भी अधिक प्रिय जान पड़ने लगा था। अवश्य ही समय की प्रगति का उस पर कुछ न कुछ प्रभाव होगा। परन्तु पूर्णिमा के शरीर में किसी ऐसे परिवर्तन की वह कभी कल्पना भी नहीं कर सकता था जिससे उसकी मनोहरता में कोई अन्तर आ जाये। और अब वह केवल ऊपरी रूप का उतना अधिक इच्छुक नहीं रह गया था, जितना उसके मधुर वचनों का भूखा था। वह उसकी प्रेमपूर्ण दृष्टि और उसके विश्वास का ही विशेष इच्छुक था। अपने पुरुषोचित आत्माभिमान के कारण कदाचित् वह यह भी समझता था कि वह पूर्णिमा की अतृप्त प्रेम-भावना को अपनी नाजबरदारियों और प्रेम के आवेश से सुरक्षित रखेगा और अपनी पिछली भूल-चूक का मार्जन कर डालेगा।

6

संयोग से पूर्णिमा स्वयं ही एक दिन अपने छोटे बच्चे के साथ अपने घर आ गई। उसकी एक विधवा मौसी थी जो उसकी माँ के साथ ही अपने वैधव्य के दिन काट रही थी। वह अभी तक जीती थी। इस प्रकार वह सूना घर फिर से बस गया।

जब अमृत ने यह समाचार सुना तब वह बड़े शौक से मानो मदमत्त होकर उसके घर की तरफ दौड़ा। वह अपने लड़कपन और जवानी की मधुर स्मृतियों को अपने मन की झोली में अच्छी तरह सँभालता हुआ ले जा रहा था। उस समय उसकी अवस्था ठीक उस छोटे बच्चे के समान थी जो अपने हमजोली को देखकर उसके साथ चलने के लिए टूटे-फूटे खिलौने लेकर दौड़ पड़ता है।

लेकिन उसकी सूरत देखते ही उसका सारा शौक और सारी उमंग मानो बुझ-सी गई। वह निःस्तब्ध होकर खड़ा रह गया। पूर्णिमा उसके सामने आकर सिर झुकाकर खड़ी हो

गई। सफेद साड़ी के घूंघट से आधा मुँह छिपा हुआ था लेकिन कमर झुक गई थी। बांहें सूत-सी पतली, पैर के पिछले भाग की रगें उभरी हुई, आंसू बह रहे थे और चेहरे का रंग बिलकुल पीला पड़ गया था मानो कफ़न में लपेटी हुई लाश खड़ी हो।

पूर्णिमा की मौसी ने आकर कहा - बैठो बेटा। देखते हो इसकी हालत, सुखकर काँटा हो गई है। एक क्षण को भी आँसू थमते नहीं। सिर्फ एक समय सूखी रोटियाँ खाती है और किसी चीज से मतलब नहीं। नमक छोड़ दिया है, घी-दूध सब त्याग दिया है। बस रूखी रोटियों से काम। इस पर आए दिन व्रत रखती है। कभी एकादशी, कभी इतवार और कभी मंगल। एक चटाई बिछाकर जमीन पर सोती हैं, मगर किसी की नहीं सुनती। कहती है कि जब भगवान ने सुहाग ही उठा लिया, तो फिर सब कुछ मिथ्या है। जी बहलाने के लिए यहाँ आई थी। मगर यहाँ भी रोने के सिवा दूसरा काम नहीं। कितना समझाती हूँ कि बेटी, भाग्य में जो कुछ लिखा था, वह हुआ। अब सब्र करो। भगवान् ने तुम्हें बाल-बच्चे दिये हैं। उनको पालो। घर में ईश्वर का दिया सब कुछ है। चार को खिलाकर खा सकती हो। मन पवित्र होना चाहिए। शरीर को दुःख देने से क्या लाभ? लेकिन सुनती ही नहीं। अब तुम समझाओं, तो शायद माने।

अमृत ऊपर से देखने में तो निःस्तब्ध; परन्तु अन्दर हृदय-विदारक वेदना छिपाये हुए खड़ा था, मानो जिस नींव पर उसने जिन्दगी की इमारत खड़ी की थी, वह हिल गई हो। आज उसे मालूम हुआ कि जन्म-भर उसने जिस वस्तु को तथ्य समझ रखा था, वह वास्तव में मृग-तृष्णा थी, अथवा केवल स्वप्न था। पूर्णिमा के इस विकट आत्म-संयम और तपस्विनी के-से आचरण के सामने उसकी समस्त वासनाओं और प्रेम की उमंगों का नाश हो गया था और उसके जीवन का यह नया तथ्य आकर उपस्थित हो गया था कि यदि मन में मिट्टी को देवता बनाने की शक्ति है तो मनुष्य को देवता बनाने की शक्ति भी है। पूर्णिमा उसी घृणित मनुष्य को देवता बनाकर उसकी पूजा कर रही थी।

उसने शान्त भाव से कहा - तपस्विनी को हम जैसे स्वार्थी लोग कैसे समझा सकते हैं मौसी? हम लोगों का कर्त्तव्य इसके चरणों पर सिर झुकाना है, इसे समझाना नहीं।

पूर्णिमा ने मुँह पर का घूँघट हटाते हुए कहा - तुम्हारा बच्चा तुम्हें अभी तक पूछा करता है।

***

दो बहनें

दोनों बहने दो साल के बाद एक तीसरे नातेदार के घर मिली और खूब रो-धोकर खुश हुई तो बड़ी बहन रूपकुमारी ने देखा कि छोटी बहन रामदुलारी सिर से पाँव तक गहनों से लदी हुई है, कुछ उसका रंग खुल गया है, स्वभाव में कुछ गरिमा आ गई है और बातचीत करने में ज्यादा चतुर हो गई है। कीमती बनारसी साड़ी और बेलदार उन्नावी मखमल के जम्पर के उसके रूप को भी चमका दिया - वही रामदुलारी, लड़कपन में सिर के बाल खोले, फूहड़-सी इधर-उधर खेला करती थी। अन्तिम बार रूपकुमारी ने उसे उसके विवाह में देखा था, दो साल पहले। तब भी उसकी शक्ल-सूरत में कुछ ज्यादा अन्तर न था। लम्बी तो हो गई थी, मगर थी उतनी ही दुबली, उतनी ही फूहड़, उतनी ही मंदबुद्धि। जरा-जरा सी बात पर रूठने वाली, मगर आज तो कुछ हालत ही और थी, और जैसी कली खिल गई हो और इसने छिपा कहाँ रखा था? नहीं, आँखों को धोखा हो रहा है। यह रूप नहीं, केवल आँखों को लुभाने की शक्ति है, रेशम और मखमल और सोने के बल पर वह रूप-रेखा थोड़े ही बदल जायेगी। फिर भी, आँखों में समाई जाती है। पचासों स्त्रियाँ जमा है, मगर यह आकर्षण, यह जादू और किसी में नहीं।

कहीं आईना मिलता तो वह जरा अपनी सूरत भी देखती। घर से चलते समय उसने आईना देखा था। अपने रूप को चमकाने के लिए जितना सान बढ़ा सकती थी, उससे कुछ अधिक ही बढ़ाया था। लेकिन अब सूरत जैसे स्मृति से मिट गई है, उसकी धुँधली-सी परछाई भर हृदय-पट पर है। उसे फिर से देखने के लिए वह बेकरार हो रही है। वह अब तुलनात्मक दृष्टि से देखेगी, रामदुलारी में यह आकर्षण कहाँ से आया, यह रहस्य का पता लगायेगी। यों उसके पास मेकअप की सामग्रियों के साथ छोटा-सा आईना भी है, लेकिन भीड़-भाड़ में वह आईना देखने या बनाव-सिंगार करने की आदी नहीं है। ये औरतें दिल में न जाने क्या समझें। मगर यहाँ कोई आईना तो होगा ही। ड्राइंग-रूम में जरूर ही होगा। वह उठकर ड्राइंग-रूम में गई और कद-ए-आदम शीशे में अपनी सूरत देखी। वहाँ इस वक्त और कोई न था। मर्द बाहर सहन में थे, औरतें गाने-बजाने में लगी हुई थी। उसने आलोचनात्मक दृष्टि से एक-एक अंग को, अंगों के एक-एक विन्यास को देखा। उसका अंग-विन्यास, उसकी मुख छवि निष्कलंक है। मगर वह ताजगी, वह मादकता, वह माधुर्य नहीं है। हाँ, नहीं है। वह अपने को धोखे में नहीं डाल सकती। कारण क्या है? यही कि रामदुलारी आज

खिली है, उसे खिले जमाना हो गया। लेकिन इस ख्याल से उसका चित्त शान्त नहीं होता। वह रामदुलारी से हेठी बन कर नहीं रह सकती। ये पुरुष भी कितने गावदी होते हैं। किसी में भी सच्चे सौंदर्य की परख नहीं है। इन्हें तो जवानी और चंचलता और हाव-भाव चाहिए। आँखें रखकर भी अन्धे बनते हैं। भला इन बातों का आपसे क्या सम्बन्ध! ये तो उम्र के तमाशे है। असली रूप तो वह है, जो समय की परवाह न करे। उसके कपड़ों में रामदुलारी को खड़ा कर दो, फिर देखो, यह सारा जादू कहाँ उड़ जाता है। चुड़ैल-सी नजर आये। मगर इन अश्वों को कौन समझाये। मगर रामदुलारी के घरवाले तो इतने सम्पन्न न थे। विवाह में और जो थोड़े बहुत गहने आये थे, वे तो बहुत ही निराशाजनक थे। खुशहाली का दूसरा कोई सामान भी न था। इसके ससुर एक रियासत के मुख्तारआम थे, और बुला कॉलेज में पढ़ता था। इस दो साल में कहीं से यह हुन बरस गया। कौन जाने, गहने कहीं से माँग लाई हो। कपड़े भी माँगे के हो सकते हैं। कुछ औरतों को अपनी हैसियत बढ़ाकर दिखाने की लत होती है। तो वह स्वाँग रामदुलारी को मुबारक रहे है। मैं जैसी हूँ वैसी अच्छी हूँ। प्रदर्शन का यह रोग कितना बढ़ता जाता है! घर में रोटियों का ठिकाना नहीं है, मर्द 25-30 रुपये पर कलम पिस रहा है; लेकिन देवीजी घर से निकलेंगी तो इस तरह बन-ठनकर, मानो कहीं की राजकुमारी है। बिसातियों के और दरजियों के तकाजे सहेंगी, बजाज के सामने हाथ जोड़ेगी, शौहर की पुड़कियाँ खायेगी, रोकेगी, रूठेंगी, मगर प्रदर्शन के उन्माद को नहीं रोकती। घरवाले भी सोचते होंगे, कितनी छिछोरी तबियत है इसकी मगर यहाँ तो देवीजी ने बेहयाई पर कमर बाँध ली है। कोई कितना ही हँसे, बेहया की बला दूर! उन्हें तो बस यही धुन सवार है कि जिधर से निकल जायें, उधर लोग हृदय पर हाथ रखकर रह जाये। रामदुलारी ने जरूर किसी से गहने और जेवर माँग लिये, बेशर्म जो है।

उसके चेहरे पर आत्म-सम्मान की लाली दौड़ गई। न सही उसके पास जेवर और कपड़े। उसे किसी के सामने लज्जित तो नहीं होना पड़ता। किसी से मुँह तो चुराना नहीं पड़ता। एक-एक लाख के तो उसके दो लड़के हैं। भगवान उन्हें चिरायु करे, वह इसी में खुश है। खुद अच्छा पहन लेने और अच्छा खा लेने से तो जीवन का उद्देश्य नहीं पूरा हो जाता। उसके घर वाले गरीब हैं, पर उनकी इज्जत तो है, किसी का गला तो नहीं दबाते, किसी को शाप तो नहीं लेते।

इस तरह अपने मन को ढांढस देकर वह फिर बरामदे में आई, तो रामदुलारी ने जैसे उसे दया की आँखों को देखकर कहा - जीजाजी की कुछ तरक्की-बरक्की हुई कि नहीं बहन? या अभी तक वही 75 रुपये पर कलम घिस रहे हैं?

रामदुलारी की देह में आग-सी लग गई। ओफ्फोह रे दिमाग! मानो इसका पति लाट ही तो है। अकड़कर बोली - तरक्की क्यों नहीं हुई! अब सौ के ग्रेड में हैं। आजकल यह भी गनीमत है, नहीं, अच्छे-अच्छे एम.ए. पासों को देखती हूँ कि कोई टके को नहीं पूछता। तेरा शौहर तो अब भी बी.ए. में होगा?

रामदुलारी ने नाक सिकोड़कर कहा - उन्होंने तो पढ़ना छोड़ दिया बहन। पढ़कर औकात खराब करना था और क्या। एक कम्पनी के एजेण्ट हो गये है। अब ढाई सौ रुपये माहवार पाते हैं। कमीशन ऊपर से। पाँच रुपये रोज सफर खर्च के भी मिलते है। यह समझ लो कि पाँच सौ का औसत पड़ जाता है। डेढ़ सौ माहवार तो उनका निजी का खर्च है बहन! ऊँचे ओहदे के लिए अच्छी हैसियत भी तो चाहिए। साढ़े तीन सौ बेदाग घर दे देते हैं। उसमें से सौ रुपये मुझे मिलते हैं, ढाई सौ में घर का खर्च खुशफैली से चला जाता है। एम.ए. पास करके क्या करते!

रूपकुमारी इस कथन को शेखचिल्ली की दास्तान से ज्यादा महत्व नहीं देना चाहती, मगर रामदुलारी के लहजे में इतनी विश्वासोलादकता है कि वह अपनी निम्नचेतना में उससे प्रभावित हो रही है और उसके मुख पर पराजय की खिन्नता साफ झलक रही है। मगर यदि उसे बिलकुल पागल नहीं हो जाना है तो इस ज्वाला को हृदय से निकाल देना पड़ेगा। जिरह करके अपने मन को विश्वास दिलाना पड़ेगा कि इसके काव्य में एक चौथाई से ज्यादा सत्य नहीं है। एक चौथाई तक वह सह सकती है। इससे ज्यादा उससे न सहा जायेगा। इसके साथ ही उसके दिल में धड़कन भी है कि यह कथा सत्य निकली तो वह रामदुलारी को कैसे मुँह दिखायेगी। उसे भय है कि कहीं उसकी आँखों से आँसू न निकल पड़ें। कहाँ पछत्तर और कहाँ पाँच सौ! इतनी बड़ी रकम आत्मा की हत्या करके भी क्यों न मिले, फिर भी रूपकुमारी के लिए असह्य है। आत्मा का मूल्य अधिक से अधिक सौ रुपये हो सकता है। पाँच सौ किसी हालत में भी नहीं!

उसने परिहास के भाव से पूछा - जब एजेंटी में इतना वेतन और भत्ता मिलता है तो ये सारे कॉलेज बन्द क्यों नहीं हो जाते? हजारों लड़के क्यों अपनी जिन्दगी खराब करते हैं?

रामदुलारी बहन के खिसियानेपन का आनन्द उठाती हुई बोली - बहन, तुम यहाँ यह भूल कर रही हो। एम.ए. तो सभी पास हो सकते हैं, मगर एजेंटी बिरले ही किसी को आती है। यह तो ईश्वर की देन है। कोई जिन्दगी-भर पढ़ता रहे, मगर यह जरूरी नहीं कि वह अच्छा एजेंट भी हो जाये। रुपये पैदा करना दूसरी बात है। आलिम-फाजिल हो जाना दूसरी बात।

अपने माल की श्रेष्ठता का विश्वास पैदा कर देना, यह दिल में जमा देना कि इतना सस्ता और टिकाऊ माल बाजार में मिल ही नहीं सकता, आसान काम नहीं है। एक से एक पापों से उनका साबका पड़ता है। बड़े-बड़े राजाओं और रईसों का मत फेरना पड़ता है, तब जाके कहीं माल बिकता है। मामूली आदमी तो राजाओं और नवाबों के सामने जा ही नहीं सके। पहुँच ही न हो। और किसी तरह पहुँच भी जाय तो जुबान न खुले। पहले-पहले तो इन्हें भी झिझक हुई थी, मगर अब तो इस सागर के मगर हैं। अगले साल तरक्की होने वाली है।

रूपकुमारी की धमनियों में रक्त की गति जैसे बन्द हुई जा रही है। निर्दयी आकाश गिर क्यों नहीं पड़ता पाषाणहृदया धरती फट क्यों नहीं जाती! यह कहाँ का न्याय है कि रूपकुमारी, जो रूपवती है, तमीजदार है, सुघड़ है, पति पर जान देती है, बच्चों को प्राणों से ज्यादा चाहती है, थोड़े में गृहस्थी को इतने अच्छे ढंग से चलाती है, उसकी तो यह दुर्गति और यह घमंडिन, बदतमीज विलासिनी, चंचल, मुँहफट छोकरी, जो अभी तक सिर खोले घूमा करती थी, रानी बन जाये? मगर उसे अब भी कुछ आशा बाकी थी। शायद आगे चलकर उसके चित्त की शांति का कोई मार्ग निकल आये।

उसी परिहास के स्वर में बोली - तब तो शायद एक हजार मिलने लगें?

'एक हजार तो नहीं, पर छः सौ में संदेह नहीं।'

'कोई आंखों का अंधा मालिक फँस गया होगा!'

'व्यापारी आँखों के अंधे नहीं होते दीदी! उनकी आँखें हमारी तुम्हारी आंखों से कहीं तेज होती हैं। जब तुम उन्हें छः हजार कमाकर दो, तब कहीं छः सौ मिले। जो सारी दुनिया को चराये उसे कौन बेवकूफ बनायेगा !'

परिहास से काम न चलते देखकर रूपकुमारी ने अपमान का अस्त्र निकला - मैं तो इसे कोई बहुत अच्छा पेशा नहीं समझती है। सारे दिन झूठ के तूमार बाँधों। यह तो ठग-विद्या है।

रामदुलारी जोर से हँसी। बहन पर उसने पूरी विजय पाई थी।

'इस तरह तो जितने वकील-बैरिस्टर हैं; सभी ठग-विद्या करते हैं। अपने मुवक्किल के फायदे के लिए उन्हें क्या नहीं करना पड़ता झूठी शहादतें तक बनानी पड़ती हैं। मगर उन्हीं वकीलों और बैरिस्टरों को हम अपना लीडर कहते हैं, उन्हें अपनी कौमी सभाओं का प्रधान बनाते हैं, उनकी गाड़ियाँ खींचते है, उन पर फूलों और अशर्फियों की वर्षा करते हैं, उनके

नाम से सड़कें, प्रतिमाएँ और संस्थाएं बनाते हैं। आजकल दुनिया पैसा देखती है। आजकल ही क्यों? हमेशा से धन की यही महिमा रही है। पैसे कैसे आये, यह कोई नहीं देखता। जो पैसेवाला है, उसी की पूजा होती है। जो अभागे हैं, अयोग्य हैं, भीरु है, वे आत्मा और सदाचार की दुहाई देकर अपने आँसू पोंछते हैं। नहीं, आत्मा और सदाचार को कौन पूछता है!'

रूपकुमारी खामोश हो गई। अब उसे यह सत्य उसकी सारी वेदनाओं के साथ स्वीकार करना पड़ेगा कि रामदुलारी उससे ज्यादा भाग्यवान् है। इससे अब त्राण नहीं। परिहास या अनादर से वह अपनी तंगदिली का प्रमाण देने के सिवा और क्या पायेगी? उसे किसी बहाने से रामदुलारी के घर जाकर असलियत की छान-बीन करनी पड़ेगी। अगर रामदुलारी वास्तव में लक्ष्मी का वरदान पा गई है, तो रूपकुमारी अपनी किस्मत ठोंककर बैठ रहेगी। समझ लेगी कि दुनिया में कही न्याय नहीं है, कहीं ईमानदारी की पूछ नहीं है।

मगर क्या सचमुच उसे इस विचार से सन्तोष होगा? यहाँ कौन ईमानदार है? वही, जिसे बेईमानी करने का अवसर नहीं और न इतनी बुद्धि का मनोबल है कि वह अवसर पैदा कर ले। उसके पति 75 रुपये पाते हैं; पर क्या दस-बीस रुपये और ऊपर से मिल जाये तो वह खुश होकर ले न लेंगे? उनकी ईमानदारी और सत्यवादिता उसी समय तक है, जब तक अवसर नहीं मिलता। और क्या रूपकुमारी में इतना नैतिक बल है कि वह अपने पति को हराम का माल हजूम करने से रोक दे रोकना तो दूर की बात है, वह प्रसन्न होगी, शायद पतिदेव की पीठ ठोंकेगी। अभी उनके दफ्तर से आने के समय मन मारे बैठी रहती है। तब वह द्वार पर खड़ी होकर उनकी बाट जोहेगी, और ज्योंही वह घर में आयेंगे, उनकी जेबों की तलाशी लेगी।

आँगन में गाना-बजाना हो रहा था। रामदुलारी उमंग के साथ गा रही थी, और रूपकुमारी वही बरामदे में उदास बैठी हुई थी। न जाने क्यों उसके सिर में दर्द होने लगा था। कोई गाये कोई नाचे, उससे प्रयोजन नहीं। वह तो अभागिन है। रोने के लिए पैदा की गई है।

नौ बजे रात को मेहमान रुखसत होने लगे। रूपकुमारी भी उठी। एक्का मँगवाने जा रही थी कि रामदुलारी ने कहा - एक्का मँगवाकर क्या करोगी बहन, मुझे लेने के लिए कार आती होगी; चलो दो-चार दिन मेरे यहाँ रहो, फिर चली जाना। मैं जीजाजी को कहला भेजूँगी, तुम्हारा इन्तजार न करे।

रूपकुमारी का यह अंतिम अस्त्र भी बेकार हो गया। रामदुलारी के घर जाकर हाल-चाल की टोह लेने की इच्छा गायब हो गई। वह अब अपने घर जायेगी और मुँह ढाँपकर

पड़ी रहेगी। इस फटेहाल में क्यों किसी के घर जाये। बोली - नहीं, अभी तो मुझे फुरसत नहीं है, बच्चे घबरा रहे होंगे। फिर कभी आऊँगी।

'क्या रात-भर भी न ठहरोगी?'

'नहीं।'

'अच्छा बताओ, कब आओगी? मैं सवारी भेज दूंगी।'

'मैं खुद कहला भेजूँगी।'

'तुम्हें याद न रहेगी। साल-भर हो गया, भूलकर भी याद न किया। मैं इसी इन्तजार मैं थी कि दीदी बुलाएं तो चलूं। एक ही शहर में रहते हैं, फिर भी इतनी दूर कि साल-भर गुजर जाय और मुलाकात तक न हो।'

रूपकुमारी इसके सिवा और क्या कहें कि घर के कामों से छुट्टी नहीं मिलती। कई बार उसने इरादा किया कि दुलारी को बुलाये, मगर अवसर ही न मिला। सहसा रामदुलारी के पति मि. गुरुसेवक ने आकर बड़ी साली को सलाम किया। बिलकुल अंग्रेजी सज-धज, मुँह में चुरुट, कलाई पर सोने की घड़ी, आँखों पर सुनहरी ऐनक, जैसे कोई सिविलियन हो। चेहरे से जहानत और शराफत बरस रही थी। वह इतना रूपवान् और सजीला है, रूपकुमारी को अनुमान न था। कपड़े जैसे उसकी देह पर खिल रहे थे। आशीर्वाद देकर बोली - आज यहाँ न होती तो मुझसे मुलाकात क्यों होती।

गुरुसेवक हँसकर बोला - यह उलटी शिकायत। क्यों न हो! कभी आपने बुलाया और मैं न गया?

'मैं नहीं जानती थी कि तुम अपने को मेहमान समझते हो। वह भी तो तुम्हारा ही घर है।'

रामदुलारी देख रही थी, मन में उससे ईर्ष्या रखते हुए भी वह कितनी वाणी-मधुर, कितनी स्निग्ध, कितनी अनुग्रह प्रार्थिनी होती जा रही है।

गुरुसेवक ने उदार मन से कहा - हाँ, अब मान गया भाभी साहब, बेशक मेरी गलती है। इस दृष्टि से मैंने विचार नहीं किया था। मगर आज तो मेरे घर रहिए।

'नहीं, आज बिलकुल अवकाश नहीं है। फिर अभी आऊँगी। लड़के घबरा रहे होंगे।'

रामदुलारी बोली - मैं कितना कह के हार गई, मानती ही नहीं।

दोनों बहनें कार की पिछली सीट पर बैठी। गुरुसेवक ड्राइव करता हुआ चला। जरा देर में उसका मकान आ गया। रामदुलारी ने फिर बहन से उतरने के लिए आग्रह किया, पर

वह न मानी। लड़के घबरा रहे होंगे। आखिर रामदुलारी उससे गले मिलकर अन्दर चली गई। गुरुसेवक ने कार बढ़ाई। रूपकुमारी ने उड़ती हुई निगाह से रामदुलारी का मकान देखा और वह ठोस सत्य एक शलाका की भाँति उसके कलेजे में चुभ गया।

कुछ दूर चलकर गुरुसेवक बोला - भाभी, मैंने तो अपने लिए अच्छा रास्ता निकाल लिया। अगर दो-चार साल इसी तरह काम चलता रहा तो आदमी बन जाऊँगा।

रूपकुमारी ने सहानुभूति के साथ कहा - रामदुलारी ने मुझसे बताया था। भगवान् करे, जहाँ रहो, खुश रहो। मगर जरा हाथ-पैर सँभाल के रहना।

मैं मालिक की आँख बचाकर एक पैसा भी पाप समझता हूँ भाभी। दौलत का मजा तो तभी है कि ईमान सलामत रहे। ईमान खोकर पैसे मिले, तो या! मैं ऐसी दौलत को त्याज्य समझता हूँ और आँख किसकी बचाऊँ। सब सियाह सफेद तो मेरे हाथ में है। मालिक तो रहा नहीं। केवल उसकी बेवा है। उसने सब कुछ मेरे हाथ में छोड़ रखा है। मैंने उसका कारोबार सँभाल न लिया होता तो सब कुछ चौपट हो जाता। मेरे सामने तो मालिक सिर्फ तीन महीने जिन्दा रहे। मगर आदमी को परखना खूब जानते थे। मुझे (100) पर रखा और एक महीने में (200) कर दिया। आप लोगों की दुआ से पहले ही महीने में मैंने बारह हजार का काम किया।'

'काम क्या करना पता है?' रूपकुमारी ने बिना किसी उद्देश्य के पूछा।

'वही मशीनों की एजेंटी तरह-तरह की मशीनें मँगाना और बेचना।' - ठंडा जवाब था।

रूपकुमारी का मनहूस घर आ गया। द्वार पर एक लालटेन टिमटिमा रही थी। उसके पति उमानाथ द्वार पर टहल रहे थे। मगर रूपकुमारी ने गुरुसेवक से उतरने के लिए आग्रह नहीं किया। एक बार शिष्टाचार के नाते कहा जरूर, पर जोर नहीं दिया, और उमानाथ तो गुरुसेवक से मुखातिब भी न हुए।

रूपकुमारी को वह घर अब कब्रिस्तान सा लग रहा था। जैसे फूटा हुआ भाग्य हो। न कहीं फर्श, न फर्नीचर, न गमले। दो-चार टूटी-टाटी तिपाइयाँ, एक लँगड़ी मेज़, चार-पाँच पुरानी-पुरानी खाएं, यही उस घर की बिसात थी। आज सुबह तक रूपकुमारी इसी घर में खुश थी। लेकिन अब यह घर उसे काट खा रहा है। लड़के अम्मा-अम्मा करके दौड़े, मगर उसने दोनों को झिड़क दिया। उसके सिर में दर्द है, वह किसी से न बोलेगी, कोई उसे न छेड़े। अभी घर में खाना नहीं पका। पकाता कौन? लड़कों ने तो दूध पी लिया है, किन्तु उमानाथ ने कुछ नहीं खाया। इसी इन्तजार में थे कि रूपकुमारी आये तो पकाये। पर रूपकुमारी के सिर में दर्द है। मजबूर होकर बाजार से पूरियाँ लानी पड़ेगी।

रूपकुमारी ने तिरस्कार के स्वर में कहा - तुम अब तक मेरा इन्तजार क्यों करते रहे? मैंने तो खाना पकाने की नौकरी नहीं लिखाई है और जो मैं रात को वहाँ रह जाती? आखिर तुम कोई महराजिन क्यों नहीं रख लेते? क्या जिन्दगी-भर मुझी को पीसते रहोगे?

उमानाथ ने उसकी तरफ आहत, विस्मय की आँखों से देखा। उसके बिगड़ने का कोई कारण उनकी समझ में न आया। रूपकुमारी से उन्होंने हमेशा निरापद सहयोग पाया है, निरापद ही नहीं, सहानुभूतिपूर्ण भी। उन्होंने कई बार उससे महराजिन रख लेने का प्रस्ताव खुद किया था पर उसने बराबर यही जवाब दिया कि आखिर मैं बैठे-बैठे क्या करूँगी? चार-पाँच रुपये का खर्च बढ़ाने से क्या फायदा? यह पैसे तो बच्चों के मक्खन में खर्च होते हैं।

और आज वह इतनी निर्ममता से उलाहना दे रही है, जैसे गुस्से में भरी हो।

अपनी सफाई देते हुए बोले - महाराजिन रखने के लिए तो मैंने खुद तुमसे कई बार कहा।

'तो लाकर रख क्यों न दिया? मैं उसे निकाल देती तो कहते।'

हाँ, यह गलती हुई।'

'तुमने कभी सच्चे दिल से नहीं कहा, रूपकुमारी ने और भी प्रचंड होकर कहा - तुमने केवल मेरा मन लेने के लिए कहा। मैं ऐसी भोली नहीं हूँ कि तुम्हारे मन का रहस्य न समझूँ। तुम्हारे दिल में कभी मेरे आराम का विचार आया ही नहीं। तुम तो खुश थे कि अच्छी लौंडी मिल गई है। एक रोटी खाती है और चुपचाप पड़ी रहती है। महज खाने और कपड़े पर। यह भी जब घर की जरूरतों से बचे। पचहत्तर रुपल्लियां लाकर मेरे हाथ पर रखते हो और ऊपर से सारी दुनिया का खर्चा। मेरा दिल ही जानता है; मुझे कितनी कतर-व्योंत करनी पड़ती है। क्या पहनूं और क्या ओढ़। तुम्हारे साथ जिन्दगी खराब हो गई। संसार में ऐसे मर्द भी है, जो स्त्री के लिए आसमान के तारे तोड़ लाते है। गुरुसेवक ही को देखो, दूर क्यों जाओ। तुमसे कम पड़ा है, उम्र में तुमसे कम है, मगर पाँच सौ रुपया महीना लाता है, और रामदुलारी रानी बनी बैठी रहती है। तुम्हारे लिए यही 75 रुपये बहुत हैं। राँड-माँड ही में मग्न। तुम नाहक मर्द हुए, तुम्हें तो औरत होना चाहिए था। औरतों के दिल में कैसे-कैसे अरमान होते हैं? मगर मैं तो तुम्हारे लिए घर की मुर्गी का बासी साग हूँ। तुम्हें तो कोई तकलीफ होती नहीं। तुम्हें तो कपड़े भी अच्छे चाहिए, खाना भी अच्छा चाहिए, क्योंकि पुरुष हो, बाहर से कमाकर लाते हो। मैं चाहे जैसे रहूँ तुम्हारी बला से।'

वाग्वाणों का यह सिलसिला कई मिनट तक जारी रहा, और उमानाथ चुपचाप सुनते रहे। अपनी ध्यान में उन्होंने रूपकुमारी को शिकायत का कभी मौका नहीं दिया। उनका

वेतन कम है, यह सत्य है, पर यह उनके वश की बात तो नहीं। वह दिल लगाकर अपना काम करते हैं, अफसरों को खुश रखने की सदैव चेष्टा करते हैं। इसी साल बड़े बाबू के छोटे सुपुत्र को छः महीने तक बिला नागा पढ़ाया, इसीलिए तो कि वह प्रसन्न रहे। अब वह और क्या करें रूपकुमारी की खफगी का रहस्य वह समझ गये। अगर गुरुसेवक वास्तव में पाँच सौ रुपये लाता है तो बेशक यह भाग्य का बली है। लेकिन दूसरों की ऊँची पेशानी देखकर अपना माथा तो नहीं फोड़ा जाता। किसी संयोग से उसे यह अवसर मिल गया। मगर हर एक को ऐसे अवसर नहीं मिलते। वह इसका पता लगायेंगे कि सचमुच उसे पाँच सौ ही मिलते हैं, या महज़ डींग है और मान लिया कि पाँच सौ मिलते हैं, तो क्या इससे रूपकुमारी को यह हक है कि वह उनको ताने दे, और उन्हें जली-कटी सुनाये। अगर इसी तरह वह भी रूपकुमारी से ज्यादा रूपवती और सुशीला रमणी को देखकर रूपकुमारी को कोसना शुरू करें तो कैसा हो! रूपकुमारी सुन्दरी है, सुमति है, त्यागमयी है लेकिन उससे बढ़कर सुन्दरी, मृदुभाषिणी, त्यागमयी देवियों से दुनिया खाली नहीं है। तो क्या इस कारण वह रूपकुमारी का अनादर करें?

एक समय था, जब उसकी नजरों में रूपकुमारी से ज्यादा रूपवती रमणी संसार में न थी; लेकिन वह उन्माद कब का शान्त हो गया। भावुकता के संसार से वास्तविक जीवन में आये उन्हें एक युग बीत गया। अब तो विवाहित जीवन का उन्हें काफी अनुभव हो गया है। एक को दूसरे के गुण-दोष मालूम हो गये हैं। अब तो सन्तोष ही में उनका जीवन सुखी रह सकता है। मगर रूपकुमारी समझदार होकर भी इतनी मोटी-सी बात नहीं समझती।

फिर भी उन्हें रूपकुमारी से सहानुभूति ही हुई। वह उदार प्रकृति के आदमी थे और कल्पनाशील भी। उसकी कटु बातों का कुछ जवाब न दिया। शर्बत की तरह पी गये। अपनी बहन के ठाठ देखकर एक क्षण के लिए रूपकुमारी के मन में ऐसे निराशाजनक, अन्यायपूर्ण, दुःखद भावों का उठना बिलकुल स्वाभाविक है। रूपकुमारी कोई संन्यासिनी नहीं, विरागिनी नहीं कि हर एक दशा में अविचलित रहे।

इस तरह अपने मन को समझाकर उमानाथ ने गुरुसेवक के विषय में तहकीकात करने का संकल्प किया।

2

एक सप्ताह तक रूपकुमारी मानसिक अशान्ति की दशा में रही। बात-बात पर झुँझलाती, लड़कों को डाँटती; पति को कोसती, अपने नसीबों को रोती। घर का काम तो करना ही पड़ता था, लेकिन अब इस काम से उसे आनन्द न आता था। बेगार-सी टालती थी। घर की जिन पुरानी-पुरानी चीजों से उसका आत्मीय संबंध-सा हो गया था, जिनकी सफाई और सजावट में हर वक्त रहा करती थी, उनकी तरफ अब आँखें उठाकर भी न

देखती। घर में एक ही खिदमतगार था। उसने जब देखा वही घर की तरफ से खुद ही लापरवाह हैं तो उसे क्या गरज थी कि सफाई करता। जो चीज जहाँ पड़ी थी, वहीं पड़ी रहती। कौन उठाकर ठिकाने से रखे। बच्चे माँ से बोलते डरते थे, और उमानाथ तो उसके साये से भागते थे। जो कुछ सामने थाली में आ जाता उसे पेट में डाल लेते और कहीं घूमने निकल जाते। रूपकुमारी से कुछ कहना बारूद में दियासलाई लगाना था। हाँ, उनकी यह तहकीकात जारी थी।

एक दिन उमानाथ दफ्तर से लौटे तो उनके साथ गुरुसेवक भी थे। रूपकुमारी ने आज कई दिनों के बाद परिस्थिति से सहयोग कर लिया था और इस वक्त झाड़न लिये कुरसियाँ तिपाइयाँ साफ कर रही थी, कि गुरुसेवक ने अन्दर पहुँचकर सलाम किया। रूपकुमारी दिल में कट गई। उमानाथ पर ऐसा क्रोध आया कि उसका मुँह नोंच ले। इन्हें लाकर यहाँ क्यों खड़ा कर दिया? न कहना, न सुनना, बस बुला लाये। उसे इस दशा में देखकर गुरुसेवक दिल में क्या कहता होगा! मगर इन्हें अक्ल आई ही कब थी। वह अपना परदा ढकती फिरती है और आप उसे खोलते फिरते हैं। जरा भी लज्जा नहीं। जैसे बेहयाई का बाना पहन लिया है। बरबस उसका अपमान करते हैं। न जाने उसने उनका क्या बिगाड़ा है?

आशीर्वाद देकर कुशल-समाचार पूछा और कुर्सी रख दी। गुरुसेवक ने बैठते हुए कहा - आज भाई साहब ने मेरी दावत की है, मैं उनकी दावत पर तो न आता; लेकिन जब उन्होंने कहा, तुम्हारी भाभी का कड़ा तकाजा है, तब मुझे समय निकालना पड़ा।

रूपकुमारी ने बात बताई। घर का कलह छिपाना पड़ा - तुमसे उस दिन कुछ बातचीत न हो पाई। जी लगा हुआ था।

गुरुसेवक ने कमरे के चारों तरफ नजर दौड़ाकर कहा - इस पिंजड़े में तो आप लोगों को बड़ी तकलीफ होती होगी?

रूपकुमारी को ज्ञात हुआ, यह युवक कितना सुरुचिहीन, कितना अरसिक है। दूसरों के मनोभावों का आदर करना जैसे जानता ही नहीं। इसे इतनी-सी बात भी नहीं मालूम कि दुनिया में सभी भाग्यशाली नहीं होते। लाखों में एक ही कहीं भाग्यवान् निकलता है। उसे भाग्यवान् ही क्यों कहा जाये? जहाँ बहुतों को दाना न मयस्सर हो, वहाँ थोड़े से आदमियों के भोग-विलास में कौन-सा सौभाग्य। जहाँ बहुत से आदमी भूखों मर रहे हों, वहाँ दो-चार आदमी मोहनभोग उड़ा। तो यह उसकी बेहयाई और हृदयहीनता है, सौभाग्य कभी नहीं।

कुछ चिढ़कर बोली - पिंजड़े में कठघरे में रहने से अच्छा है। पिंजड़े में निरीह पक्षी रहते हैं, कठघरा तो घातक जन्तुओं का ही निवास-स्थान है।

गुरुसेवक शायद यह संकेत न समझ सका, बोला - मेरा तो इस घर में दम घुट जाय। मैं आपके लिए अपने घर के पास ही एक मकान ठीक करा दूँगा। खूब लम्बा-चौड़ा। आपसे कुछ किराया न लिया जायेगा। मकान हमारी मालकिन का है। मैं भी उसी के एक मकान में रहता हूँ सैकड़ों मकान हैं, उसके पास, सैकड़ों। सब मेरे अख्तियार में हैं। जिसे जो मकान चाहूँ दे दूँ। किराया लूं या न लूं। मैं आपके लिए सबसे अच्छा मकान ठीक करूँगा। मैं आपका बहुत अदब करता हूँ।

रूपकुमारी समझ गई, महाशय इस वक्त नशे में है। जभी यों बहक रहे हैं। अब उसने गौर से देखा तो उसकी आँखें सिकुड़ गई थी, गाल कुछ फूल गये थे। जबान भी लड़खड़ाने लगी थी। एक जवान, खूबसूरत, शरीफ चेहरा कुछ ऐसा शेखीबाज और निर्लज्ज हो गया कि उसे देखकर घृणा होती थी।

उसने एक क्षण बाद फिर बहकना शुरू किया - मैं आपका बहुत अदब करता हूँ जी ही। आप मेरी बड़ी भाभी हैं। आपके लिए मेरी जान हाजिर है। आपके लिए एक मकान नहीं, सौ मकान तैयार है। मैं मिसेज लोहिया का मुख्तार हूँ। सब कुछ मेरे हाथ में है। सब कुछ, मैं जो कुछ कहता हूँ वह आँखें बन्द करके मंजूर कर लेती हैं। मुझे अपना बेटा समझती हैं। मैं उसकी सारी जायदाद का मालिक हूँ। मि. लोहिया ने मुझे 20 रुपये पर रखा था, 20 रुपये पर। वह बड़ा मालदार था। मगर किसी को नहीं मालूम; उसकी दौलत कहाँ से आती थी। किसी को नहीं मालूम। मेरे सिवा कोई नहीं जानता। वह खुफियाफरोश था। किसी से कहना नहीं। वह चोरी से कोकीन बेचता था। लाखों की आमदनी थी उसकी। अब वही व्यापार मैं करता हूँ। हर शहर में हमारे खुफिया एजेंट हैं। मि. लोहिया ने मुझे इस फन में उस्ताद बना दिया। जी हाँ! मजाल नहीं कि कोई मुझे गिरफ्तार कर ले; बड़े-बड़े अफसरों से मेरा याराना है। उनके मुँह में नोटों के पुलिन्दे ठूंस-ठूंसकर उनकी आवाज बन्द कर देता हूँ। कोई चूं नहीं कर सकता। दिन-दहाड़े बेचता हूँ। हिसाब में लिखता हूँ एक हजार रिश्वत दी। देता हूँ पाँच सौ। बाकी यारों का है। बेदरेग़ रुपये आते है और खर्च करता हूँ। बुढ़िया को तो राम नाम से मतलब है। सत्तर चूहे खाके अब हज करने चली है। कोई मेरा हाथ पकड़ने वाला नहीं, कोई बोलने वाला नहीं, (जेब से नोटों का बण्डल निकालकर) यह आपके चरणों की भेंट है। मुझे दुआ दीजिए कि इसी शान से जिन्दगी कट जाये। जो आत्मा और सदाचार के उपासक हैं, उन्हें कुबेर लातें मारता है। लक्ष्मी उनको पकड़ती है, जो उसके लिए अपना दीन और ईमान सब कुछ छोड़ने को तैयार हैं। मुझे बुरा न कहिए। मैं कौन मालदार हूँ? जितने धनी हैं, वे सब के सब लुटेरे हैं, पक्के लुटेरे, डाकू। कल मेरे पास रुपये

हो जाये और मैं एक धर्मशाला बनवा दूँ फिर देखिए, मेरी कितनी वाह-वाह होती है। कौन पूछता है, मुझे दौलत कहाँ से मिली? जिस महात्मा को कहिए, बुलाकर उससे अपनी प्रशंसा करवा लूं। मि. लोहिया को महात्माओं ने धर्मभूषण की उपाधि दी थी, वह स्वार्थी, पेट के बन्दरों ने। उस बुड्ढे को, जिससे बड़ा कुकर्मी संसार में न होगा। यहाँ तो लूट है। एक वकील आध घंटा बहस करके पाँच सौ मार लेता है, एक डॉक्टर जरा-सा नश्तर लगाकर एक हजार सीधा कर लेता है, एक जुआरी स्पेकुलेशन में एक-एक दिन में लाखों का वारा-न्यारा करता है। अगर उनकी आमदनी जायज है, तो मेरी आमदनी भी जायज है। जी हाँ, जायज है। मेरी निगाह में बड़े-से-बड़े मालदार की भी कोई इज्जत नहीं। मैं जानता हूँ वह कितना बड़ा हथकण्डेबाज़ू है। यहाँ जो आदमी आँखों में धूल झोंक सके, वहीं सफल है! गरीबों को लूटकर मालदार हो जाना समाज की पुरानी परिपाटी है। मैं भी वह करता हूँ जो दूसरे करते हैं। जीवन का उद्देश्य है ऐसा करना। खूब लूटूँगा, खूब ऐश करूँगा और बुढ़ापे में सूब खैरात करूँगा और एक दिन लीडर बन जाऊँगा। कहिए गिना दूँ। यहाँ कितने लोग जुआ खेल-खेलकर करोड़पति हो गये, कितने औरतों का बाजार लगाकर करोड़पति हो गये....

सहसा उमानाथ ने आकर कहा - मि. गुरुसेवक, क्या कर रहे हो? चलो चाय पी लो। ठण्डी हो रही है।

गुरुसेवक ऐसा हड़बड़ा उठा, मानो अपने सचेत रहने का प्रमाण देना चाहता हो। मगर पाँव लड़खड़ाये और जमीन पर गिर पड़ा। फिर संभलकर उठा और झूमता-झूमता ठोकरें खाता, बाहर चला गया। रूपकुमारी ने आजादी की साँस ली। यहाँ उसे बैठ-बैठे हौलेदिल-सा हो रहा था। कमरे की हवा जैसे कुछ भारी हो गई थी। जो प्रेरणाएँ कई दिन से अच्छे-अच्छे मनोहर रूप भरकर उसके मन में आ रही थी, आज उसे उनका असली वीभत्स, घिनौना रूप नजर आया। जिस त्याग, सादगी और साधुता के वातावरण में अब तक उसकी जिन्दगी गुजरी थी, उसमें इस तरह के दाँव-पेंच, छल-कपट और पतित स्वार्थ का घुसना बिलकुल ऐसा ही था, जैसे किसी बाग में साँडों का एक झुण्ड घुस आये। इन दामों वह दुनिया की सारी दौलत और सारा ऐश खरीदने को भी तैयार न हो सकती थी। नहीं, अब रामदुलारी के भाग्य से अपने भाग्य का बदला न करेगी। वह अपने हाल में खुश है। रामदुलारी पर उसे दया आई, जो भोग-विलास की धुन और अमीर कहलाने के मोह में अपनी आला का सर्वनाश कर रही है। मगर वह बेचारी भी क्या करे? और गुरुसेवक का

भी क्या दोष है? जिस समाज में दौलत पुजती है, जहाँ मनुष्य का मोल उसके बैंक-एकाउण्ट और टीम-टाम से आँका जाता है, जहाँ पग-पग पर प्रलोभनों का जाल बिछा हुआ है और समाज की कुव्यवस्था आदमी में ईर्ष्या, द्वेष, अपहरण और नीचता के भावों को उकसाती और उभारती रहती है, गुरुसेवक और रामदुलारी उस जाल में फँस जाये, उस प्रवाह में बह जाये तो कोई अचरज नहीं।

उसी वक्त उमानाथ से आकर कहा - गुरुसेवक यहाँ बैठा-बैठा क्या बहक रहा था? मैंने तो उसे विदा कर दिया। जी डरता था, कहीं पुलिस उसके पीछे न लगी हो, नहीं तो मैं भी गेहूँ के साथ घुन की तरह पिस जाऊँ।

रूपकुमारी ने क्षमा-प्रार्थी नेत्रों से उन्हें देखकर जवाब दिया - वही अपनी खुफियाफ़रोशी की डींग मार रहा था।

'मुझे भी मिसेज लोहिया से मिलने को कहा गया।'

'जी नहीं, आप अपनी क्लर्की किये जाइए। इसी में हमारा कल्याण है।'

'मगर क्लर्की में ऐश कहाँ? क्यों न साल-भर की छुट्टी लेकर ज़रा उस दुनिया की सी सैर करूँ!'

'मुझे अब उस ऐश का मोह नहीं रहा।'

'दिल से कहती हो?'

'सच्चे दिल से।'

उमानाथ एक मिनट तक चुप रहने के बाद फिर बोले - मैं आकर तुम्हें यह वृत्तान्त कहता तो तुम्हें विश्वास 'आता या नहीं, सच कहना?

'कभी नहीं, मैं तो कल्पना भी नहीं कर सकती कि अपने स्वार्थ के लिए कोई आदमी दुनिया को विष खिला सकता है!'

'मुझे सारा हाल पुलिस के सब-इंस्पेक्टर से मालूम हो गया था। मैंने उसे खूब शराब पिला दी थी कि नशे में बहकेगा जरूर और सब कुछ खुद उगल देगा।'

'ललचाता तो तुम्हारा जी भी था।'

हाँ, ललचाता तो था, और अब भी ललचा रहा है मगर ऐश करने के लिए जिस हुनर की जरूरत है, वह कहाँ से लाऊँगा?'

'ईश्वर न करे, वह हुनर तुम्हें आए। मुझे तो उस बेचारे पर तरस आता है। मालूम नहीं खैरियत से घर पहुँच गया या नहीं।'

'उसकी कार थी। कोई चिन्ता नहीं।'

रूपकुमारी एक क्षण जमीन की तरफ ताकती रही। फिर बोली - तुम मुझे दुलारी के घर पहुँचा दो। अभी शायद मैं उसकी कुछ मदद कर सकूँ। जिस बाग की वह सैर कर रही है उसके चारों तरफ निशाचर घात लगाये बैठे हैं। शायद मैं उसे बचा सकूँ।

उमानाथ ने देखा, उसकी छवि कितनी दया-पुलकित हो उठी है।

***

आहुति

आनन्द ने गद्देदार कुर्सी पर बैठकर सिगार जलाते हुए कहा - आज विशम्भर ने कैसी हिमाकत की! इफहान करीब है और आप आज वालंटियर बन बैठे। कहीं पकड़े गये, तो इफहान से हाथ धोयेंगे। मेरा तो ख्याल है कि वजीफा भी बन्द हो जायेगा।

सामने दूसरे बेंच पर रूपमणि बैठी एक अखबार पड़ रही थी। उसकी आंखें अखबार की तरफ थी; पर कान आनन्द की तरफ लगे हुए थे। बोली - यह तो बुरा हुआ। तुमने समझाया नहीं? आनन्द ने मुँह बनाकर कहा जब कोई अपने को दूसरा गांधी समझने लगे, तो उसे समझाना मुश्किल हो जाता है। वह उलटे मुझे समझाने लगता है।

रूपमणि ने अखबार को समेटकर बालों को संभालते हुए कहा - तुमने मुझे भी नहीं बताया, शायद मैं उसे रोक सकती।

आनन्द ने कुछ चिढ़कर कहा - तो अभी क्या हुआ, अभी तो शायद कांग्रेस ऑफिस ही में हो। जाकर रोक लो।

आनन्द और विशम्भर दोनों ही यूनिवर्सिटी के विद्यार्थी थे। आनन्द के हिस्से में लक्ष्मी भी पड़ी थी, सरस्वती भी; विशम्भर फूटी तकदीर लेकर आया था। प्रोफेसरों ने दया करके एक छोटा-सा वजीफा दे दिया था। बस, यही उसकी जीविका थी। रूपमणि भी साल-भर पहले उन्हीं की समकक्ष थी; पर इस साल उसने कॉलेज छोड़ दिया था। स्वास्थ्य कुछ बिगड़ गया था। दोनों युवक कभी-कभी उससे मिलने आते रहते थे। आनन्द आता था उसका हृदय लेने के लिए, विशम्भर आता था यों ही। जी पढ़ने में न लगता या घबड़ाता, तो उसके पास आ बैठता था। शायद उससे अपनी विपत्ति-कथा कहकर उसका चित्त कुछ शान्त हो जाता था। आनन्द के सामने कुछ बोलने की उसकी हिम्मत न पड़ती थी। आनन्द के पास उसके लिए सहानुभूति का एक भी शब्द न था। वह उसे फटकारता था, जलील करता था और बेवकूफ बनाता था। विशम्भर में उससे बहस करने की सामर्थ्य न थी। सूर्य की सामने दीपक की हस्ती ही क्या? आनन्द का उस पर मानसिक आधिपत्य था। जीवन में पहली बार उसने उस आधिपत्य को अस्वीकार किया था और उसी की शिकायत लेकर आनन्द रूपमणि के पास आया था। महीनों विशम्भर ने आनन्द के तर्क पर अपने भीतर के आग्रह को ढाला; पर तक, से परास्त होकर भी उसका हृदय विद्रोह करता रहा। बेशक

उसका यह साल खराब हो जायेगा, संभव है छात्र-जीवन ही का अन्त हो जाय, फिर इस 14-15 वर्षों की मेहनत पर पानी फिर जायेगा; न खुदा ही मिलेगा, विसाले सनम ही नसीब होगा। आग में कूदने से क्या फायदा! यूनिवर्सिटी में रहकर भी तो बहुत कुछ देश का काम किया जा सकता है। आनन्द महीने में कुछ न कुछ चंदा जमा कर देता है, दूसरे छात्रों से स्वदेशी की प्रतिज्ञा करा ही लेता है। विशम्भर को भी आनन्द ने यही सलाह दी। इस तर्क ने उसकी बुद्धि को तो जीत लिया, पर उसके मन को न जीत सका। आज जब आनन्द कॉलेज गया तो विशम्भर ने स्वराज्य-भवन की राह ली। आनन्द कॉलेज से लौटा तो उसे अपनी मेज़ पर विशम्भर का पत्र मिला। लिखा था -

'प्रिय आनन्द,

मैं जानता हूँ कि मैं जो कुछ करने जा रहा हूँ वह मेरे लिए हितकर नहीं है; पर न जाने कौन सी शक्ति मुझे खींचें लिये जा रही है। मैं जाना नहीं चाहता, पर जाता हूँ उसी तरह जैसे आदमी मरना नहीं चाहता, पर मरता है; रोना नहीं चाहता, पर रोता है। जब सभी लोग, जिन पर हमारी भक्ति है, ओखली में अपना सिर डाल चुके थे, तो मेरे लिए अब कोई दूसरा मार्ग नहीं है। मैं अब और अपनी आत्मा को धोखा नहीं दे सकता। यह इज्जत का सवाल है, और इज्जत किसी तरह का समझौता (Compromise) नहीं कर सकती है।

तुम्हारा

'विशम्भर'

खत पढ़कर आनन्द के जी में आया कि विशम्भर को समझाकर लौटा लाये; पर उसकी हिमाकत पर गुस्सा आया और उसी तैश में वह रूपमणि के पास जा पहुँचा। अगर रूपमणि उसकी खुशामद करके कहती - जाकर उसे लौटा लाओ, तो शायद वह चला जाता, पर उसका यह कहना कि मैं उसे रोक लेती, उसके लिए असह्य था। उसके जवाब में रोष था, रुखाई थी और शायद कुछ हसद भी था।

रूपमणि ने गर्व से उसकी ओर देखा और बोली - अच्छी बात है, मैं जाती हूँ।

एक क्षण के बाद उसने डरते-डरते पूछा - तुम क्यों नहीं चलते?

फिर वही गलती। अगर रूपमणि उसकी खुशामद करके कहती तो आनन्द जरूर उसके साथ चला जाता, पर उसके प्रश्न में पहले ही यह भाव छिपा था कि आनन्द जाना नहीं चाहता। अभिमानी आनन्द इस तरह नहीं जा सकता। उसके उदासीन भाव से कहा - मेरा

जाना व्यर्थ है। तुम्हारी बातों का ज्यादा असर होगा। मेरी मेज़ पर यह खत छोड़ गया था। जब वह आत्मा और कर्तव्य और आदर्श की बड़ी-बड़ी बातें सोच रहा है और अपने को भी कोई ऊँचे दर्जे का आदमी समझ रहा है, तो मेरा उस पर कोई असर न होगा।

उसने जेब से पत्र निकालकर रूपमणि के सामने रख दिया। इन शब्दों में जो संकेत और व्यंग्य था, उसने एक क्षण तक रूपमणि को उसकी तरफ देखने न दिया। आनन्द के इस निर्दय प्रहार ने उसे आहत-सा कर दिया था; पर एक ही क्षण में विद्रोह की एक चिनगारी-सी उसके अन्दर जा घुसी। उसने स्वच्छन्द भाव से लेकर पत्र को पड़ा। पड़ा सिर्फ आनन्द के प्रहार का जवाब देने के लिए; पर पढ़ते-पढ़ते उसका चेहरा तेज से कठोर हो गया, गर्दन तन गई, आँखों में उत्सर्ग की लाली आ गई।

उसने मेज़ पर पत्र रखकर कहा - नहीं, अब मेरा जाना भी व्यर्थ है।

आनन्द ने अपनी विजय पर फूलकर कहा - मैंने तो तुमसे पहले ही कह दिया, इस वक्त उसके सिर पर भूत सवार है, उस पर किसी के समझाने का असर न होगा। जब साल भर जेल में चक्की पीस लेंगे और वहाँ से तपेदिक लेकर निकलेंगे, या पुलिस के डंडों से सिर और हाथ-पाँव तुड़वा लेंगे, तो बुद्धि ठिकाने आवेगी। अभी तो जय-जयकार और तालियों के स्वप्न देख रहे होंगे।

रूपमणि सामने आकाश की ओर देख रही थी। नीले आकाश में एक छायाचित्र-सा नजर आ रहा था - दुर्बल, सूखा हुआ नग्न शरीर, पुर्जों तक धोती, चिकना सिर, पोपला मुँह, तप, त्याग और सत्य की सजीव मूर्ति।

आनन्द ने फिर कहा - अगर मुझे मालूम हो, कि मेरे रक्त से देश का उद्धार हो जायेगा, तो मैं आज उसे देने को तैयार हूँ लेकिन मेरे जैसे सौ-पचास आदमी निकल ही आयें, तो क्या होगा? प्राण देने के सिवा और तो कोई प्रत्यक्ष फल नहीं दीखता।

रूपमणि अब भी वहीं छायाचितृ देख रही थी। वही छाया मुस्कुरा रही थी, सरल मनोहर मुस्कान, जिसने विश्व को जीत लिया है।

आनन्द फिर बोला - जिन महाशयों को परीक्षा का भूत सताया करता है, उन्हें देश का उद्धार करने की सूझती है। पूछिए, आप अपना उद्धार तो कर नहीं सकते, देश का क्या उद्धार कीजिएगा? इधर फेल होने से उधर के डण्डे फिर भी हल्के हैं।

रूपमणि की आँखें आकाश की ओर थी। छायाचित्र कठोर हो गया था।

आनन्द ने जैसे चौंककर कहा - हाँ, आज बड़ी मजेदार फिल्म है। चलती हो! पहले शो से लौट आयें।

रूपमणि ने जैसे आकाश से नीचे उतरकर कहा - नहीं, मेरा जी नहीं चाहता।

आनन्द ने धीरे से उसका हाथ पकड़कर कहा - तबीयत तो अच्छी है? रूपमणि ने हाथ छुड़ाने की चेष्टा न की। बोली -हाँ, तबीयत में क्या हुआ है?

'तो चलती क्यों नहीं?'

'आज जी नहीं चाहता।'

'तो फिर मैं भी न जाऊँगा।'

'बहुत ही उत्तम, टिकट के रुपये कांग्रेस को दे दो।'

'यह तो टेढ़ी शर्त है; लेकिन मंजूर!'

'कल रसीद मुझे दिखा देना।'

'तुम्हें मुझ पर इतना विश्वास भी नहीं?'

आनन्द होस्टल चला। जरा देर बाद रूपमणि स्वराज्य-भवन की ओर चली।

2

रूपमणि स्वराज्य-भवन पहुँची, तो स्वयंसेवकों का एक दल विलायती कपड़े के गोदामों को पिकेट करने जा रहा था। विशम्भर दल में न था।

दूसरा दल शराब की दुकानों पर जाने के लिए तैयार खड़ा था। विशम्भर इसमें भी न था।

रूपमणि ने मंत्री के पास जाकर कहा - आप बता सकते हैं, विशम्भर नाथ कहाँ हैं?

मंत्री ने पूछा - वही, जो आज भरती हुए हैं?

'जी हाँ, वही।'

बड़ा दिलेर आदमी है। देहातों को तैयार करने का काम लिया है। स्टेशन पहुँच गया होगा। सात बजे की गाड़ी से जा रहा है।'

'तो अभी स्टेशन पर होंगे?'

मंत्री ने घड़ी पर नजर डालकर जवाब दिया - हाँ, अभी तो शायद स्टेशन पर मिल जाये।

रूपमणि ने बाहर निकलकर साइकिल तेज की। स्टेशन पर पहुँची, तो देखा, विशम्भर प्लेटफार्म पर खड़ा है।

रूपमणि को देखते ही लपककर उसके पास आया और बोला - तुम यहाँ कैसे आई। आज आनन्द से तुम्हारी मुलाकात हुई थी?

रूपमणि ने उसे सिर से पाँव तक देखकर कहा - यह तुमने क्या सूरत बना रखी है? क्या पाँव में जूता पहनना भी देश-द्रोह है?

विशम्भर ने डरते-डरते पूछा - आनन्द बाबू ने तुमसे कुछ कहा नहीं?

रूपमणि ने स्वर को कठोर बनाकर कहा - जी हाँ, कहा। तुम्हें यह क्या सूझी दो साल से कम के लिए न जाओगे।

विशम्भर का मुँह गिर गया। बोला - जब यह जानती हो, तो क्या तुम्हारे पास मेरी हिम्मत बँधाने के लिए दो शब्द नहीं हैं?

रूपमणि का हृदय मसोस उठा; मगर बाहरी उपेक्षा को न त्याग सकी। बोली - मुझे दुश्मन समझते हो, या दोस्त?

विशम्भर ने आखों में बोए भरकर कहा - तुम ऐसा प्रश्न क्यों करती हो रूपमणि इसका जवाब मेरे मुँह से न सुनकर भी क्या तुम नहीं समझा सकती।

रूपमणि - तो मैं कहती हूँ तुम मत जाओ।

विशम्भर - यह दोस्त की सलाह नहीं है रूपमणि मुझे विश्वास है, तुम हृदय से यह नहीं कह रही हो। मेरे प्राणों का क्या मूल्य है, जरा यह सोचो। एम.ए. होकर भी सौ रुपये की नौकरी। बहुत बड़ा तो तीन-चार सौ तक जाऊँगा। इसके बदले यहाँ क्या मिलेगा, जानती हो? सम्पूर्ण देश का स्वराज्य। इतने महान् हेतु के लिए मर जाना भी उस जिन्दगी से कहीं बढ़कर है। अब जाओ, गाड़ी आ रही है। आनन्द बाबू से कहना, मुझसे नाराज न हों।

रूपमणि ने आज तक इस मन्दबुद्धि युवक पर दया की थी। इस समय उसकी श्रद्धा का पात्र बन गया। त्याग में हृदय को खींचने की जो शक्ति है, उसने रूपमणि को इस वेग से खींचा कि परिस्थितियों का अन्तर मिट-सा गया। विशम्भर में जितने दोष थे, वे सभी

अलंकार बन-बनकर चमक उठे। उसके हृदय की विशालता में वह किसी पक्षी की भाँति उड़-उड़कर आश्रय खोजने लगी।

रूपमणि ने उसकी ओर आतुर नेत्रों से देखकर कहा - मुझे भी अपने साथ लेते चलो।

विशम्भर पर जैसे घड़ों का नशा चढ़ गया।

'तुम को? आनन्द बाबू मुझे जिन्दा न छोड़े।'

'मैं आनन्द के हाथों बिकी हुई नहीं हूँ।'

'आनन्द तो तुम्हारे हाथों बिके हुए हैं।'

रूपमणि ने विद्रोह भरी आँखों से उसकी ओर देखा, पर कुछ बोली नहीं। परिस्थितियाँ उसे इस समय बाधाओं-सी मालूम हो रही थीं। वह भी विशम्भर की भाँति स्वच्छन्द क्यों न हुई? सम्पन्न माँ-बाप की अकेली लड़की, भोग-विलास में पली हुई, इस समय अपने को कैदी समझ रही थी। उसकी आत्मा उन बन्धनों को तोड़ डालने के लिए जोर लगाने लगी।

गाड़ी आ गई। मुसाफिर बढ़ने-उतरने लगे। रूपमणि ने सजल नेत्रों से कहा - तुम मुझे नहीं ले चलोगे?

विशम्भर ने दृढ़ता से कहा - नहीं।

'क्यों?'

'मैं इसका जवाब नहीं देना चाहता!'

'क्या तुम समझते हो, मैं इतनी विलासासक्त हूँ कि मैं देहात में रह नहीं सकती?'

विशम्भर लज्जित हो गया। यह भी एक बड़ा कारण था, पर उसने इंकार किया - नहीं, यह बात नहीं।

'फिर क्या बात है क्या यह भय है, पिताजी मुझे त्याग देंगे?'

'अगर यह भय ही हो तो क्या विचार करने योग्य नहीं?'

'मैं उनकी तृण बराबर परवाह नहीं करती।'

विशम्भर ने देखा, रूपमणि के चाँद से मुख पर गर्वमय संकल्प का आभास था। वह उस संकल्प के सामने जैसे कांप उठा। बोला - मेरी यह याचना स्वीकार करो रूपमणि, मैं तुमसे विनती करता हूँ।

रूपमणि सोचती रही।

विशम्भर ने फिर कहा - मेरी खातिर तुम्हें यह विचार छोड़ना पड़ेगा।

रूपमणि ने सिर झुकाकर कहा - अगर तुम्हारा यह आदेश है, तो मैं मानूंगी विशम्भर! तुम दिल से समझते हो, मैं क्षणिक आवेश में आकर इस समय अपने भविष्य को गारत करने जा रही हूँ। मैं तुम्हें दिखा दूँगी, यह मेरा क्षणिक आवेश नहीं है, दृढ़ संकल्प है। जाओ, मगर मेरी इतनी बात मानना कि कानून के पंजे में उसी वक्त आना, जब आत्माभिमान या सिद्धान्त पर चोट लगती हो। मैं ईश्वर से तुम्हारे लिए प्रार्थना करती रहूंगी।

गाड़ी ने सीटी दी। विशम्भर अन्दर जा बैठा। गाड़ी चली गई। रूपमणि मानो विश्व की सम्पत्ति अंचल में लिए खड़ी रही।

3

रूपमणि के पास विशम्भर का एक पुराना रद्दी-सा फोटो अलमारी के एक कोने में पड़ा हुआ था। आज स्टेशन से आकर उसने उसे निकाला और उसे एक मखमली फ्रेम में लगाकर मेज़ पर रख दिया। आनन्द का फोटो वहाँ से हटा दिया गया।

विशम्भर ने छुट्टियों में उसे दो-चार पत्र लिखे थे। रूपमणि ने उन्हें पढ़कर एक किनारे डाल दिया था। आज उसने उन पत्रों को निकाला और उन्हें दोबारा पड़ा। उन पत्रों में आज कितना रस था! वह बड़ी हिफाजत से राइटिंग-बॉक्स में बन्द कर दिये गये।

दूसरे दिन समाचार-पत्र आया तो रूपमणि उस पर टूट पड़ी। विशम्भर का नाम देखकर वह गर्व से फूल उठी।

दिन में एक बार स्वराज्य-भवन जाना उसका नियम हो गया। जलसों में भी बराबर शरीक होती, विलास की चीजें एक-एक करके सब फेंक दी गई। रेशमी साड़ियों की जगह गाढ़े की साड़ियाँ आई। चरखा भी आया। वह घंटों बैठी सूत काता करती। उसका सूत दिन-दिन बारीक होता जाता था। इसी सूत से वह विशम्भर के कुरते बनवाएगी।

इन दिनों परीक्षा की तैयारियाँ थी। आनन्द को सिर उठाने की फुरसत न मिलती। दो-एक बार वह रूपमणि के पास आया; पर ज्यादा देर बैठा नहीं। शायद रूपमणि की शिथिलता ने उसे ज्यादा बैठने ही न दिया।

एक महीना बीत गया।

एक दिन शाम को आनन्द आया। रूपमणि स्वराज्य-भवन जाने को तैयार थी। आनन्द ने भवें सिकोड़कर कहा - तुमसे तो अब बातें करना भी मुश्किल है।

रूपमणि ने कुर्सी पर बैठकर कहा - तुम्हें भी तो किताबों से छुट्टी नहीं मिलती। आज की कुछ ताजी खबर नहीं मिली। स्वराज्य भवन में रोज-रोज का हाल मालूम हो जाता है।

आनन्द ने दार्शनिक उदासीनता से कहा - विशम्भर ने तो, सुना, देहातों में खूब शोरगुल मचा रखा है। जो काम उसके लायक था, वह मिल गया। यहाँ उसकी जुबान बन्द रहती थी। वहाँ देहातियों में खूब गरजता होगा, मगर आदमी दिलेर है।

रूपमणि ने उसकी ओर ऐसी आँखों से देखा; जो कह रही थी - तुम्हारे लिए यह चर्चा अनाधिकार चेष्टा है, और बोली - आदमी में अगर यह गुण है तो फिर उसके सारे अवगुण मिट जाते हैं। तुम्हें कांग्रेस बुलेटिन पढ़ने की क्यों फुरसत मिलती होगी? विशम्भर ने देहातों में ऐसी जागृति फैला दी है कि विलायती का एक सूत भी नहीं बिकने पाता और न नशे की दुकानों पर कोई जाता है और मजा यह है कि पिकेटिंग करने की जरूरत नहीं पड़ती। अब तो पंचायतें खोल रहे हैं।

आनन्द ने उपेक्षा भाव से कहा - तो समझ लो, अब उनके चलने के दिन भी आ गए हैं।

रूपमणि ने जोश से कहा - इतना करके जाना बहुत सस्ता नहीं है। कल तो किसानों का एक बहुत बड़ा जलसा होने वाला था। पूरे परगने के लोग जमा हुए होंगे। सुना है, आजकल देहातों से कोई मुकद्दमा ही नहीं आता। वकीलों की नानी मरी जा रही है।

आनन्द के कड़वेपन से कहा - यही तो स्वराज्य का मजा है कि जमींदार, वकील और व्यापारी सब मरें। बस, केवल मजदूर और किसान रह जाये।

रूपमणि ने समझ लिया, आज आनन्द तुलकर आया है। उसने भी जैसे आस्तीन चढ़ाते हुए कहा - तो तुम क्या चाहते हो कि जमींदार और वकील और व्यापारी गरीबों को चूस-चूसकर मोटे होते जायें और जिन सामाजिक व्यवस्थाओं में ऐसा महान् अन्याय हो रहा है, उनके खिलाफ जुबान तक न खोली जाये? तुम तो समाजशास्त्र के पंडित हो। क्या किसी अर्थ में यह व्यवस्था आदर्श कही जा सकती है? सभ्यता के तीन मुख्य सिद्धांतों का ऐसी दशा में किसी न्यूनतम मात्रा में भी व्यवहार हो सकता है?

आनन्द ने गर्म होकर कहा - शिक्षा और सम्पत्ति का प्रभुत्व हमेशा रहा है और हमेशा रहेगा। हाँ, उसका रूप भले ही बदल जाये।

रूपमणि ने आवेश से कहा - अगर स्वराज्य आने पर भी सम्पत्ति का यही प्रभुत्व रहे और पढ़ा-लिखा समाज यों ही स्वार्थान्ध बना रहे, तो मैं कहेंगे, ऐसे स्वराज्य का न आना ही अच्छा। अंग्रेजी महाजनों की धन-लोतुपता और शिक्षितों का स्वहित ही आज हमें पीसे डाल रहा है। जिन बुराइयों को दूर करने के लिए आज हम प्राणों को हथेली पर लिये हुए हैं, उन्हीं बुराइयों को क्या प्रजा इसलिए सिर बढ़ायेगी कि वे विदेशी नहीं, स्वदेशी हैं? कम से कम मेरे लिए तो स्वराज्य का यह अर्थ नहीं है कि जॉन की जगह गोविन्द बैठ जायें। मैं समाज की ऐसी व्यवस्था देखना चाहती हूँ जहाँ कम-से-कम विषमता को आश्रय न मिल सके।

आनन्द - यह तुम्हारी निज की कल्पना होगी।

रूपमणि - तुमने अभी इस आन्दोलन का साहित्य पढ़ा ही नहीं।

आनन्द - न पढ़ा है, न पढ़ना चाहता हूँ।

रूपमणि - इससे राष्ट्र की कोई बड़ी हानि न होगी।

आनन्द - तुम तो जैसे वह रही ही नहीं। बिलकुल काया-पलट हो गई।

सहसा डाकिये ने कांग्रेस बुलेटिन लाकर मेज़ पर रख दिया। रूपमणि ने अधीर होकर उसे खोला। पहले शीर्षक पर नजर पड़ते ही उसकी आँखों में जैसे नशा छा गया। अज्ञात रूप से गर्दन तन गई और चेहरा एक अलौकिक तेज से दमक उठा।

उसने आवेश में खड़ी होकर कहा - विशम्भर पकड़ लिये गए और दो साल की सजा हो गई।

आनन्द ने विरक्त मन से पूछा - किस मुआमले में सजा हुई?

रूपमणि ने विशम्भर के फोटो को अभिमान की आंखों से देखकर कहा - रानीगंज में किसानों की विराट् सभा थी। वहीं पकड़ा है।

आनन्द - मैंने तो पहले ही कहा था, दो साल के लिए जायेंगे। जिन्दगी खराब कर डाली।

रूपमणि ने फटकार लगाई - क्या डिग्री ले लेने से ही आदमी का जीवन सफल हो जाता है? सारा शान, सारा अनुभव पुस्तकों ही में भरा हुआ है? मैं समझती हूँ संसार और

मानवी चरित्र का जितना अनुभव विशम्भर को दो सालों में हो जाएगा, उतना दर्शन और कानून की पोथियों से तुम्हें दो सौ वर्षों में भी न होगा। अगर शिक्षा का उद्देश्य चरित्रबल मानो, तो राष्ट्र-संग्राम में मनोबल के जितने साधन हैं, पेट के संग्राम में कभी हो ही नहीं सकते। तुम यह कह सकते हो कि हमारे लिए पेट की चिन्ता ही बहुत हैं, हमसे और कुछ हो ही नहीं सकता, हममें न उतना साहस है, न बल, न धैर्य, न संगठन, तो मैं मान जाऊंगी; लेकिन जातिहित के लिए प्राण देने वालों को बेवकूफ बताना मुझसे नहीं सहा जा सकता। विशम्भर के इशारे पर आज लाखों आदमी सीना खोलकर खड़े हो जायेंगे। तुममें है जनता के सामने खड़े होने का हौसला? जिन लोगों ने तुम्हें पैरों के नीचे कुचल रखा है, जो तुम्हें कुत्तों से भी नीच समझते हैं, उन्हीं की गुलामी करने के लिए तुम डिग्रियों पर जान दे रहे हो। तुम इसे अपने लिए गौरव की बात समझो, मैं नहीं समझती।

आनन्द तिलमिला उठा। बोला - तुम तो पक्की क्रांतिकारिणी हो गई इस वक्त।

रूपमणि ने उसी आवेश में कहा - अगर सच्ची-खरी बातों में तुम्हें क्रांति की गन्ध मिले, तो मेरा दोष नहीं।

'आज विशम्भर को बधाई देने के लिए जलसा जरूर होगा। क्या तुम उसमें जाओगी?'

रूपमणि ने उग्रभाव से कहा - जरूर जाऊँगी, बोलूंगी भी, और कल रानीगंज भी चली जाऊँगी। विशम्भर ने जो दीपक जलाया है, वह मेरे जीते-जी घुसने न पायेगा।

आनन्द ने डूबते हुए आदमी की तरह तिनके का सहारा लिया - अपनी अम्मा और दादा से पूछ लिया है।

'पूछ लूंगी।'

'और वह तुम्हें अनुमति भी दे देंगे ?'

'सिद्धांत के विषय में अपनी आत्मा का आदेश सर्वोपरि होता है।'

'अच्छा, यह नई बात मालूम हुई।'

यह कहता हुआ आनन्द उठ खड़ा हुआ और बिना हाथ मिलाये कमरे के बाहर निकल गया। उसके पैर इस तरह लड़खड़ा रहे थे, कि अब गिरा, अब गिरा।

***

होली का उपहार

मैकूलाल अमरकान्त के घर शतरंज खेलने आये तो देखा, वह कहीं बाहर जाने की तैयारी कर रहे हैं। पूछा - कहीं बाहर की तैयारी कर रहे हो क्या भाई? फुरसत हो, तो आओ, आज दो-चार बाजियाँ हो जाये।

अमरकान्त ने संदूक में आईना-कंघी रखते हुए कहा - नहीं भाई, आज तो बिलकुल फुरसत नहीं है। कल जरा ससुराल जा रहा हूँ। सामान-आमान ठीक कर रहा हूँ।

मैकू - तो आज ही से क्या तैयारी करने लगे? चार कदम तो हैं। शायद पहली बार जा रहे हो?

अमर - हाँ यार, अभी एक बार भी नहीं गया। मेरी इच्छा तो अभी जाने की न थी; पर ससुरजी आग्रह कर रहे हैं।

मैकू - तो कल शाम को उठना और चल देना। आधे घंटे में तो पहुँच जाओगे।

अमर - मेरे हृदय में तो अभी से जाने कैसी धड़कन हो रही है। अभी तक तो कल्पना में पत्नी-मिलन का आनन्द लेता था। अब वह कल्पना प्रत्यक्ष हुई जाती है। कल्पना सुन्दर होती है, प्रत्यक्ष क्या होगा, कौन जाने।

मैकू - तो कोई सौगात ले ली है? खाली हाथ न जाना, नहीं मुँह ही सीधा न होगा।

अमरकान्त ने कोई सौगात न ली थी। इस कला में अभी अभ्यस्त न हुए थे।

मैकू बोला - तो अब ले लो, भले आदमी! पहली बार जा रहे हो, भला वह दिल में क्या कहेंगी?

अमर - तो क्या चीज ले जाऊँ? मुझे तो इसका खयाल ही नहीं आया। कोई ऐसी चीज बताओ, जो कम खर्च और बालानशीन हो; क्योंकि घर भी रुपये भेजने हैं, दादा ने रुपये माँगे हैं।

मैकू माँ-बाप से अलग रहता था। व्यंग करके बोला - जब दादा ने रुपये माँगे हैं, तो भला कैसे टाल सकते हो! दादा का रुपये माँगना कोई मामूली बात तो है नहीं।

अमरकान्त ने व्यंग्य न समझकर कहा - हाँ, इसी वजह से तो मैंने होली के लिए कपड़े भी नहीं बनवाए। मगर जब कोई सौगात ले जानी भी जरूरी है, तो कुछ न कुछ तो लेना ही पड़ेगा। हल्के दामों की कोई बीज बतलाओ।

दोनों मित्रों में विचार-विनिमय होने लगा। विषय बड़े ही महत्व का था। उसी आधार पर भावी दाम्पत्य-जीवन सुखमय या इसके प्रतिकूल हो सकता था। पहले दिन बिल्ली को मारना अगर जीवन पर स्थायी प्रभाव डाल सकता है, तो पहला उपहार क्या कम महत्व का विषय है? देर तक बहस होती रही; पर कोई निश्चय न हो सका।

उसी वक्त एक पारसी महिला एक नये फैशन की साड़ी पहने हुए मोटर पर निकल गई। मैकूलाल ने कहा - अगर ऐसी एक साड़ी ले लो तो वह जरूर खुश हो जाये। कितना सूफियाना रंग है और वज़ा कितनी निराली! मेरी आँखों में तो जैसे बस गई। हाशिम की दुकान से ले लो। (25) में आ जायेगी।

अमरकान्त भी उस साड़ी पर मुग्ध हो रहा था। वधू यह साड़ी देखकर कितनी प्रसन्न होगी और उसके गोरे रंग पर यह कितनी खिलेगी, वह इस कल्पना में मग्न था। बोला - हाँ यार, पसन्द तो मुझे भी है; लेकिन हाशिम की दुकान पर तो पिकेटिंग हो रही है।

'तो होने दो। खरीदनेवाले खरीदते ही हैं। अपनी इच्छा है, जो चीज चाहते हैं, खरीदते हैं, किसी के बाबा का साझा हैं?'

अमरकान्त ने क्षमा-प्रार्थना के भाव से कहा - यह तो सत्य है, लेकिन मेरे लिए स्वयंसेवकों के बीच से दुकान में जाना सम्भव नहीं है। फिर तमाशाइयों की हरदम भीड़ भी तो लगी रहती है।

मैकू ने मानो उसकी कायरता पर दया करके कहा - तो पीछे के द्वार से चले जाना। वहाँ पिकेटिंग नहीं होती।

'किसी देशी दुकान पर न मिल जायेगी?'

'हाशिम की दुकान के सिवा और कहीं न मिलेगी।'

2

संध्या हो गई थी। अमीनाबाद में आकर्षण का उदय हो गया था। सूर्य की प्रतिभा विद्युत-प्रकाश के बुलबुल में अपनी स्तुति छोड़ गई थी।

अमरकान्त दबे पाँव हाशिम की दुकान के सामने पहुँचा। स्वयंसेवकों का धरना भी था और तमाशाइयों की भीड़ भी। उसने दो-तीन बार अन्दर जाने के लिए कलेजा मजबूत किया, पर फुटपाथ तक जाते-जाते हिम्मत ने जवाब दे दिया।

मगर साड़ी लेना जरूरी था। वह उसकी आँखों में खुब गई थी। वह उसके लिए पागल हो रहा था।

आखिर उसने पिछवाड़े के द्वार से जाने का निश्चय किया। जाकर देखा, अभी तक वहाँ कोई वालंटियर न था। जल्दी से एक सपाटे में भीतर चला गया और बीस-पच्चीस मिनट में उसी नमूने की एक साड़ी लेकर फिर उसी द्वार पर आया; पर इतनी ही देर में परिस्थिति बदल चुकी थी। तीन स्वयंसेवक आ पहुँचे थे। अमरकान्त एक मिनट तक द्वार पर दुविधा में खड़ा रहा। फिर तीर की निकल भागा और दुर्भाग्य की बात एक बुढ़िया लाठी टेकती हुई चली आ रही थी। अमरकान्त उससे टकरा गया। बुढ़िया गिर पड़ी और लगी गालियाँ देने आँखों में चर्बी छा गई है क्या? देखकर नहीं चलते? यह जवानी ढै जाएगी एक दिन।

अमरकान्त के पाँव आगे न जा सके। बुढ़िया को उठाया और उससे क्षमा माँग रहे थे कि तीनों स्वयंसेवकों ने पीछे आकर उन्हें घेर लिया। एक स्वयंसेवक ने साड़ी के पैकेट पर हाथ रखते हुए कहा - बिल्लाती कपड़ा ले जाए का हुक्म नहीं ना। बुलाइत है, तो सुनत नाहीं ही।

दूसरा बोला - आप तो ऐसे भागे, जैसे-कोई चोर भागे।

तीसरा - हज्जारन मनई पकरि-पकरि के जेहल में भरा जात अहै, देश में आग लगी है, और इनका मन बिल्लाती माल से नहीं भरा।

अमरकान्त ने पैकेट को दोनों हाथों से मजबूती से पकड़कर कहा - तुम लोग मुझे जाने दोगे या नहीं?

पहले स्वयंसेवक ने पैकेट पर हाथ बढ़ाते हुए कहा - जाये कसन देई। बिल्लाती कपड़ा लेके तुम यहाँ से कबी नाहीं जाय सकत ही।

अमरकान्त ने पैकेट को एक झटके में छुड़ाकर कहा - तुम मुझे हर्गिज नहीं रोक सकते।

उन्होंने आगे कदम बढ़ाया, मगर दो स्वयंसेवक तुरन्त उसके सामने लेट गये। अब बेचारे बड़ी मुश्किल में फँसे। जिस विपत्ति से बचना चाहते थे, वह जबरदस्ती गले पड़ गई। एक मिनट में बीसों आदमी जमा हो गये। चारों तरफ से उन पर टिप्पणियां होने लगी।

'कोई जण्टुलमैन मालूम होते हैं।'

'यह लोग अपने को शिक्षित कहते हैं। छिः! इस दुकान पर से रोज दस-पाँच आदमी गिरफ्तार होते हैं; पर आपको इसकी क्या परवाह।'

कपड़ा छीन लो और कह दो, जाकर पुलिस में रपट करें।'

बेचारे बेड़ियों-सी पहने खड़े थे। कैसे गला छूटे, इसका कोई उपाय न सूझता था। मैकूलाल पर क्रोध आ रहा था कि उसी ने यह रोग उनके सिर मढ़ा। उन्हें तो किसी सौगात की फिक्र न थी। आये वहाँ से कि कोई सौगात ले ली।

कुछ देर तक लोग टिप्पणियां ही करते रहे, फिर छीन-झपट शुरू हुई। किसी ने सिर से टोपी उड़ा दी। उसकी तरफ लपक, तो एक ने साड़ी का पैकेट हाथ से छीन लिया। फिर वह हाथों-हाथ गायब हो गई।

अमरकान्त ने बिगड़कर कहा - मैं जाकर पुलिस में रिपोर्ट करता हूँ।

एक आदमी ने कहा - हाँ-हाँ, जरूर जाओ और हम सभी को फांसी बढ़ता दो!

सहसा एक युवती खद्दर की साड़ी पहने, एक थैला लिए आ निकली। यहाँ यह हुड़दंग देखकर बोली - क्या मुआमला है? तुम लोग क्यों इस भले आदमी को दिक कर रहे हो?

अमरकान्त की जान में जान आई। उसके पास जाकर फरियाद करने लगे - ये लोग मेरे कपड़े छीनकर भाग गये हैं और उन्हें गायब कर दिया। मैं इसे डाका कहता हूँ यह चोरी है। इसे मैं न सत्याग्रह कहता हूँ न देश-प्रेम। युवती ने दिलासा दिया - घबराइए नहीं! आपके कपड़े मिल जायेंगे, होंगे तो इन्हीं लोगों के पास! कैसे कपड़े थे?

एक स्वयंसेवक बोला - बहिनजी, इन्होंने हाशिम की दुकान से कपड़े लिए हैं।

युवती - किसी की दुकान से लिए हों, तुम्हें उनके हाथ से कपड़ा छीनने का कोई अधिकार नहीं है। आप इनके कपड़े वापस ला दो। किसके पास है?

एक क्षण में अमरकान्त की साड़ी जैसे हाथों-हाथ गई थी, वैसे ही हाथों-हाथ वापस आ गई। जरा देर में भीड़ गायब हो गई। स्वयंसेवक भी चले गये। अमरकान्त ने युवती को धन्यवाद देते हुए कहा - आप इस समय न आई होतीं तो इन लोगों ने धोती तो गायब कर ही दी थी, शायद मेरी खबर भी लेते।

युवती ने सरल भर्त्सना के भाव से कहा - जन-सम्पत्ति का लिहाज सभी को करना पड़ता है; मगर आपने इस दुकान से कपड़े लिए ही क्यों? जब आप देख रहे हैं कि वहाँ हमारे ऊपर कितना अत्याचार हो रहा है; फिर भी आप न माने। जो लोग समझकर भी नहीं समझते, उन्हें कैसे कोई समझाए!

अमरकान्त इस समय लज्जित हो गये और अपने मित्रों में बैठकर वे जो स्वेच्छा के राग अलापा करते थे, वह भूल गये। बोले - मैंने अपने लिए नहीं खरीदे हैं, एक महिला की फरमाइश थी; इसलिए मजबूर था।

'उस महिला को आपने समझाया नहीं ?'

'आप समझाती, तो शायद समझ पाती, मेरे समझाने से तो न समझी।'

'कभी अवसर मिला, तो जरूर समझाने की चेष्टा करूँगी। पुरुषों की नकेल महिलाओं के हाथ में है! आप किस मुहल्ले में रहते हैं?'

'सआदतगंज में।'

'शुभ नाम?'

'अमरकान्त।'

युवती ने तुरन्त जरा-सा घूँघट खींच लिया और सिर झुकाकर संकोच और स्नेह से सने स्वर में बोली - आपकी पत्नी तो आपके घर में नहीं है, उसने फरमाइश कैसे की? -

अमरकान्त ने चकित होकर पूछा - आप किस मुहल्ले में रहती हैं?

'घसियारीमंडी।'

'आपका नाम सुखदादेवी तो नहीं है?'

'हो सकता है, इस नाम की कई स्त्रियाँ हैं।'

'आपके पिता का नाम ज्वालादत्तजी है।'

'उस नाम के भी कई आदमी हो सकते है।'

अमरकान्त ने जेब से दियासलाई निकाली और वहीं सुखदा के सामने उस साड़ी को जला दिया।

सुखदा ने कहा - आप कल आयेंगे?

अमरकान्त ने अवरुद्ध कंठ से कहा - नहीं सुखदा, जब तक इसका प्रायश्चित न कर दूंगा, न आऊंगा।

सुखदा कुछ और कहने जा रही थी कि अमरकान्त तेजी से कदम बढ़ाकर दूसरी तरफ चले गये।।

3

आज होली है; मगर आजादी के मतवालों के लिए न होली है न बसन्त। हाशिम की दुकान पर आज भी पिकेटिंग हो रही है, और तमाशाई आज भी जमा हैं। आज से स्वयंसेवकों में अमरकान्त भी खड़े पिकेटिंग कर रहे हैं। उनकी देह पर खद्दर का कुरता है और खद्दर की धोती। हाथ में तिरंगा झंडा लिये है।

एक स्वयंसेवक ने कहा - पानीदारों को यों बात लगती है। कल तुम क्या थे, आज क्या हो! सुखदा देवी न आ जातीं, तो बड़ी मुश्किल होती।

अमर ने कहा - मैं उसके लिए तुम लोगों को धन्यवाद देता हूँ। नहीं मैं आज यहाँ न होता।

'आज तुम्हें न आना चाहिए था। सुखदा बहन तो कहती थीं, मैं आज उन्हें न जाने दूँगी।'

'कल के अपमान के बाद अब मैं उन्हें मुँह दिखाने योग्य नहीं हूँ। जब वह रमणी होकर इतना करती हैं, तो हम तो हर तरह के कष्ट उठाने के लिए बने ही हैं। खासकर जब बाल-बच्चों का भार सिर पर न हो।'

उसी वक्त पुलिस की लारी आई, एक सब इंस्पेक्टर उतरा और स्वयं सेवकों के पास आकर बोला मैं तुम लोगों को गिरफ्तार करता हूँ।

'वन्दे मातरम्' की ध्वनि हुई। तमाशाइयों में कुछ हलचल हुई। लोग दो-दो कदम और आगे बढ़ आये। स्वयंसेवकों ने दर्शकों को प्रणाम किया और पुकराते हुए लारी में जा बैठे। अमरकान्त सबसे आगे थे। लारी चलना ही चाहती थी, कि सुखदा किसी तरफ से दौड़ी हुई आ गई। उसके हाथ में एक पुष्पमाला थी, लारी का द्वार खुला था। उसने ऊपर चढ़कर वह अमरकान्त के गले में डाल दी। आँखों से स्नेह और गर्व की दो बूंदें टपक पड़ी। यही होली थी, यही होली का आनन्द-मिलन था।

उसी वक्त सुखदा दुकान पर खड़ी होकर बोली - विलायती कपड़े खरीदना और पहनना देश-द्रोह है!

***

पंडित मोटेराम की डायरी

क्या नाम कि कुछ समझ में नहीं आता कि डेरी और डेरी फार्म में क्या सम्बन्ध! डेरी तो कहते हैं उस छोटी-सी सादी सजिल्द पोथी को, जिस पर रोज-रोज का वृत्तान्त लिखा करते हैं और जो प्रायः सभी महान पुरुष लिखा करते है और डेरी फार्म उस स्थान को कहते हैं जहाँ गायें-भैंसे पाली जाती हैं और उनका दूध, मक्खन, घी तैयार किया जाता है। ऐसा मालूम होता है, डेरी फार्म इसलिए नाम पड़ा कि जैसे डेरी में नित्य-प्रति का समाचार लिखा जाता है, उसी तरह वहाँ नित्य-प्रति दूध-मक्खन बनता है। जो कुछ हो, मैंने अब डेरी लिखने का निश्चय कर लिया है। कई साल पहले एक बार पुस्तकवाले ने मुझे एक डेरी भेंट की थी। तब मैंने उस पर एक महीने तक अपना हाल लिखा; लेकिन मुझे उसमें लिखने को कुछ सूझता ही न था। रात को सोने के पहले घंटों बैठा सोचता - क्या लिखूँ लिखने लायक कोई बात भी हो? यह लिखना कि प्रातःकाल उठा, मुँह-हाथ धोया, स्नान किया, तिलक-चन्दन लगाया, पूजन किया, यजमानों से मिला, कहीं साइत बाँचने गया; फिर लौटकर भोजन किया और सोया। तीसरे पहर फिर उठा, भंग छानी, फिर स्नान किया, फिर तिलक लगाया और कथा बाँचने चला गया: लौटकर फिर भोजन किया और सो गया। यह सब लिखना मुझे अच्छा न लगता था। इसलिए उस डेरी पर मैंने धोबी के कपड़ों और आमदनी-खर्च लिखकर उसे पूरा किया। जब से वह डेरी समाप्त हुई, तब से खर्च-आमदनी का हिसाब लिखना छोड़ दिया और धोबी के कपड़ों का हिसाब पंडिताइन के जिम्मे डाल दिया।

लेकिन अब से फिर डेरी लिखना आरम्भ कर रहा हूँ इसका क्या कारण है? मैंने सुना है कि इससे आयु बढ़ती है, और चारों पदार्थ हाथ आ जाते हैं। इसलिए अब मैं फिर भगवान् का नाम लेकर और गणेशजी के सामने शीश झुकाकर डेरी लिखना आरम्भ करता हूँ। ओम शांतिः शांतिः शांतिः।

क्या नाम कि आजकल साम्यवाद और समष्टिवाद की बड़ी चर्चा सुन रहा हूँ। साम्यवाद का अर्थ यह है कि सभी मनुष्य बराबर हों। तो मैं अपने साम्यवादी विद्वानों से जो इस विषय के आचार्य हैं, जैसे - श्री सपूर्णानन्द, आचार्य नरेन्द्रदेव जी और आचार्य श्रीप्रकाश जी से पूछना चाहता हूँ कि सब मनुष्य कैसे बराबर हो सकते हैं? आचार्य नरेन्द्रदेव जी मुझे क्षमा करें या न करें, मगर उनके जैसे तीन आचार्य मेरे पेट में समा सकते हैं, फिर

यह कैसा साम्यवाद? इसका मतलब तो यही हो सकता है कि या मैं बामन रूप धारण कर लूंगा या वह विराट् रूप धारण कर लें।

अच्छा अब दूसरी बात लीजिए। धन तो आप सबका बराबर कर देना चाहते हैं; लेकिन कृपा करके यह बतलाइए कि आप सबके पेट कैसे बराबर कर देंगे? आचार्य नरेन्द्रदेव जी एक-दो फुलके और एक आध घूंट दूध पीकर रह सकते हैं; मगर मुझे तो पूजा करने के बाद, मध्यान्ह, तीसरे पहर और रात को चार बार तर माल चकाचक चाहिए, जिसमें लड्डू हलवा, मलाई, बादाम, कलाकन्द आदि का प्राधान्य हो। अगर आपका साम्यवाद इसकी गारण्टी करे कि वह मुझे इच्छापूर्ण भोजन देगा तो मैं उस पर विचार कर सकता हूँ और अगर आप चाहते हों कि मैं भी दो फुलके और तोले भर दूध और दो तोले भाजी खाकर रहूँ तो ऐसे साम्यवाद को मेरा दूर ही से प्रणाम है। मैं धन नहीं मांगता, लेकिन भोजन आँतफाड़ चाहता हूँ अगर इस तरह की गारण्टी दी गई, तो वचन देता हूँ कि मैं और मेरे अनेक मित्र साम्यवादी बनने को तैयार हो जायेंगे।

लेकिन एक भोजन ही से तो काम नहीं चलता। कपड़ा ही ले लीजिए। आपको एक कुरता और एक टोपी चाहिए। कुरते में एक गज से अधिक खद्दर न लगेगा। मैं लम्बी अँगरखी पहनता हूँ जिसमें सात गज से कम कपड़ा नहीं लगता। मैंने दर्जी के सामने बैठकर खुद कटवाया है और इसका विश्वास दिलाता हूँ कि इसके कम में मेरी अँगरखी नहीं बन सकती। फिर बारह गज का साफा, 5 गज की चादर ऊपर से। साम्यवाद इसकी गारण्टी ले सकता है? धन लेकर मुझे क्या करना है, लेकिन भोजन और वस्त्र तो चाहिए ही।

आप कहेंगे, काम सबके बराबर करना पड़ेगा। मैं इसे स्वीकार करता हूँ अगर कोई सज्जन घड़ी भर पूजा करें, तो मैं दो घड़ी कर दूँगा; वह घड़ी भर स्नान करें तो मैं दो घड़ी पानी में रह सकता हूँ वह एक घड़ी शास्त्रार्थ करें तो मैं भोजन-पूजन आदि को छोड़कर दिन भर शास्त्रार्थ कर सकता हूँ। इसमें मैं किसी से पीछे हटने वाला नहीं।

एक बात और। स्थान की मुझे परवाह नहीं; झोपड़ी भी हो तो मैं अपना निबाह कर सकता हूँ। लेकिन रेल-यात्रा करते समय अगर मुझे सबके बराबर जगह मिली, तो उस पटरी पर बैठने वालों को छोड़कर भागना पड़ेगा, क्योंकि मैं एक पूरी पटरी से कम में समा ही नहीं सकता। दूसरी बात यह है, कि मैं सन्नाटा मारकर नहीं सो सकता। निद्रा में एक विचित्र प्रकार का खर्राटा लेता हूँ। कभी कोई सज्जन मेरे समीप सोते हैं; तो उन्हें रात को उठकर भागना पड़ता है। इसलिए अपने हित के लिए नहीं दूसरों के हित के लिए मैं यह चाहूंगा कि

मुझे एक पूरी कोठरी सोने को मिले। अगर साम्यवाद इसमें मीन-मेख निकाले तो मैं उनकी ओर आँख उठाकर भी न देखूँगा।

इतना लिख चुका था कि पण्डिताइन आकर खड़ी हो गई और पूछने लगी - आज सवेरे-सवेरे यह क्या लिखने बैठ गये। सेठजी के लड़के की कुण्डली क्यों नहीं बना डालते? व्यर्थ शास्त्रार्थ करके अपना मूड क्यों दुखवाते हो?

मैं स्त्रियों का अपमान नहीं करता। उन्हें घर की देवी समझता हूँ। वे घर की लक्ष्मी है; लेकिन थर-गृहस्थी के सिवा उनसे किसी और बात में सलाह नहीं लेता। घर की लक्ष्मी को घर तक ही रखना चाहता हूँ। राजनीति, समाज, धर्म आदि के विषय से उन्हें क्या मतलब! स्त्रियों को सिर चढ़ाने की इन मुट्ठी, भर पढ़े-लिखे बाबुओं को जो सनक सवार हुई, मैं इसे पसन्द नहीं करता। पण्डिताइन भी एक दिन आधी बाँह की जम्पर पहने हुए निकलीं जिससे आधी छाती दिखाई दे रही थी, तो मैंने उसी दम वह जम्पर उतरवा कर छोड़ा। वह बहुत बिगड़ी; लेकिन मैंने भी रौद्ररूप दिखाया; आखिरकार जब मैं डंडा लेने दौड़ा, तो उन्होंने धीरे से जम्पर उतार दिया और मुँह फुला बैठी। मैंने कहा - चाहे मुँह फुलाओं, चाहे गाल फुलाओं, चाहे सारी देह फुलाकर कुप्पा हो जाओ, लेकिन इस भेष में मैं तुम्हें घर से निकलने न दूँगा। खैर, जब उन्होंने आकर मुझे डाँट बताई; तो मैंने कह दिया, 'तुम यह बातें नहीं समझ सकतीं, जाकर अपना काम देखो।'

पण्डिताइन बोली - तुमने चार अक्षर पड़ लिया तो बड़े समझदार हो गये? अभी एक जून चूल्हा न जलाऊँ, तो सारी समझदारी निकल जाये।

कितना बेतुका जवाब था। मारो घुटना; फूटे आँख! लेकिन मुझे आश्चर्य नहीं हुआ! उनसे मैं ऐसे जवाब सुनने का अभ्यस्त हो गया हूँ। मैंने जरा कड़ाई के साथ कहा - तुम्हारे मतलब की कोई बात नहीं है देवी नहीं तो मैं तुम्हें सुना देता।

'कोई कविताई करते होगे। यही तो तुम्हें रोग है।'

'कविता करने का रोग मुझे कब था? बे-बात की बात करती हो। मैं कविताई से इतनी दूर हूँ जितना पूरब पश्चिम से। यह वेश-भूषा, यह डीलडौल कवियों का है? तुम क्या जानो, कवि किसे कहते है? कवि वह है, जिसकी सूरत से कविता बरसती हो। बस, मैं कविताई नहीं कर रहा हूँ एक सामाजिक प्रश्न पर कुछ शंकाएँ उपस्थित करने का सौभाग्य-सिंदूर प्राप्त कर रहा हूँ।

पण्डित के पाण्डित्यपूर्ण कथन से वह कुछ रोब में आ गई। लेकिन मैं थोड़ा-सा बुद्धू भी हूँ उसी वक्त मुझे हँसी आ गई। बस, पण्डिताइन लौट पड़ी और मेरे हाथ से लेख छीनकर बोली - मैं समझ गई, किसी को प्रेम-पत्र लिख रहे हो।

तब नहीं तो अब बनी। मैं गंगा जल लेकर शपथ खा सकता हूँ कि मैंने आज तक न जाना, प्रेम किस चिड़िया का नाम है। मेरी प्रेमिका तर माल है। दूसरा प्रेम मेरी समझ में ही नहीं आता; लेकिन पण्डिताइन को न जाने क्यों मुझ पर सन्देह होता रहता है। प्रेमियों की दशा देखकर तो मुझे उन पर हँसी आती है; जब देखो, रो रहे हैं। ठण्डी सीसे खींच रहे हैं। न कुछ खाते हैं, न पीते हैं, खासे लकदक बने हुए है, फूँक दो तो उड़ जायें। इस तरह का प्रेम करके तो मैं तीसरे दिन संसार से विदा हो जाऊँ। लेकिन इस सन्देह का निवारण करना अब लाजिम हो गया।

मैंने थोड़े से शब्दों में पण्डिताइन को साम्यवाद का तत्त्व समझाने की चेष्टा की। जब मैं अपना कथन समाप्त कर चुका, तो वह आंखें मटकाकर बोली - ऐ नौज, तुम्हारा साम्यवाद कुछ घास तो नहीं खा गये हो। जिसके बालवंश न हों, वे साम्यवाद की बात सोचें। मुझे तो भगवान ने पाँच-पाँच पुत्र दिए हैं, और छठवाँ आनेवाला है। मैं साम्यवाद के फेरे में क्यों पड़ूँ? 'मेरे बराबर हो पड़ोसन, गोदा-रोटी खाय।' अच्छा साम्यवाद है। मेरे लाल जीते जी रहेंगे, तो माँग खायेंगे।

वह और भी न जाने क्या-क्या अनाप-शनाप बकती रही; लेकिन उनकी बातों से मेरे मन में एक शंका उत्पन्न हो गई। साम्यवाद में कहीं सन्तान-निग्रह का बन्धन तो नहीं है? क्योंकि इस तरह का कोई सम्बन्ध हुआ तो फिर मेरा उससे कोई सम्पर्क न रहेगा। मैं इस विषय में किसी से समझौता न करूँगा। पीछे से थुक्का-फजीहत करना मुझे पसन्द नहीं। आचार्य मुझे स्पष्ट बतला दें, कि मुझे गृहस्थाश्रम का त्याग तो न करना पड़ेगा मैं इसकी स्वाधीनता चाहता हूँ कि जितनी सन्तानें आवें उनका स्वागत करूँ; क्योंकि मैं जानता हूँ जन्म देनेवाले भगवान हैं और पालन करने वाले भी भगवान हैं। मैं तो निमित्त-मात्र हूँ।

2

क्या नाम है कि मैं पण्डित मोटेराम वल्द पण्डित छोटेराम स्वर्गवासी, साकिन विश्वनाथपुरी जो शंकर भगवान के तिरसूल पर बसी है, आज बम्बई में दनदना रहा हूँ। एक यजमान सेठजी ने तार भेजा - हम बड़े संकट में हैं, तुरन्त आओ। तार के साथ डबल तीसरे दर्जे का किराया भी। इसलिए हमने चटपट बम्बई को प्रस्थान कर दिया! अपने यजमान पर संकट पड़े, तो हम कैसे रुक सकते थे! सेठजी एक बार काशी आये थे। वहाँ मैं भी निमंत्रण में गया था। वहीं मेरी उनकी जान-पहचान हुई बात करने में मैं पक्का फिकैत हूँ। बस यही समझ लो कि मुझे निमंत्रण भर दे दो, फिर मैं अपनी बातों से ज्ञान घोलता हूँ वेदों-शास्त्रों की ऐसी व्याख्या करता हूँ कि क्या मजाल जो यजमान उल्लू न हो जाये। योगासन, हस्तरेखा, सन्तानशास्त्र, वशीकरण आदि सभी विद्याएँ, जिन पर सेठ-महाजनों का पक्का

विश्वास है, मेरी जिह्वा पर हैं। अगर पूछो कि क्यों पण्डित मोटेरामजी शास्त्री, आपने इन विद्याओं को पढ़ा भी है? तो मैं डंके की चोट कहता हूँ मैंने कभी नहीं पढ़ा। इन विद्याओं का क्या रोना, हमने कुछ नहीं पढ़ा, पूरे लंठ है, निरक्षर महान, लेकिन फिर भी किसी बड़े से बड़े पुस्तक चाटू, शास्त्रघोंटू, पण्डित को सामना करा दो, चपेट न दूँ तो मोटेराम नहीं। जी हाँ, चपेट दूँ, ऐसा चपेटूँ ऐसा रगेदूँ कि पण्डित जी को भागने का रास्ता न मिले! पाठक कहेंगे; यह असम्भव है। भला एक मूर्ख आदमी महान् पण्डित जी को कैसे रगेदेगा मैं कहता हूँ प्रियवर! पुस्तक चाटने से कोई विद्वान नहीं हो जाता। जो विद्वान आज गोबर और गोमूत्र को पवित्र समझता है, जो देवपूजा को मुक्ति का साधन समझता है, वह विद्वान कैसे हो सकता है? मैं खुद यजमानों से यह सब कृत्य कराता हूँ। निःसन्देह जानता हूँ हलवा और कलाकन्द किसी आत्मा के पेट में नहीं, मेरे पेट में जाता है, फिर भी यजमानों को छूता हूँ तो इसलिए कि मेरी यह जीविका है। जीविका नहीं छोड़ी जाती, और इसलिए यजमान खुद बेवकूफ बनना चाहता है, पाँच पैसे का गऊदान करके भवसागर पार उतरना चाहता है, तो मुझे क्या कुत्ते ने काटा है जो कहूँ कि यह सब मिथ्या है। सरासर मिथ्या है। आती हुई लक्ष्मी को कौन दुतकारता है लेकिन पण्डितों के बीच में दूसरी बात हो जाती है। वहाँ मुझे अपनी जीविका का डर नहीं रहता और मैं भिगो-भिगोकर लगाता हूँ कभी दाहिने, कभी बायें, चौंधिया देता हूँ साँस नहीं लेने देता। बस पण्डितों के पास इसके सिवा और जवाब नहीं रहता कि तुम नास्तिक हो।

मगर मैं अपने विषय से बहककर कहाँ जा पहुँचा। जब मैं बम्बई चलने को तैयार हुआ, तो पण्डिताइन रोने लगीं। कहने लगी, बताओ कै दिन में आओगे। दो-तीन दिन में जरूर से लौट आना। मैं तो उस वक्त बता दूँ कि दो दिन तो पहुँचने में लग जायेंगे, तो फिर वह मेरा पिण्ड न छोड़ती। इसलिए बड़े प्रेम भरे शब्दों में कहा - प्रिये, मेरा जी तुम्हीं में लगा रहेगा। खाऊँगा तो तुम्हारे कर कमलो की गुदगुदी रोटियाँ और पतली दाल याद आयेगी। पानी पिऊंगा तो तुम्हारे पपड़ियाये हुए अधरों का ध्यान बना रहेगा। सोते-जागते, उठते-बैठते, बस तुम्हारे ही पास मन मँडराता रहेगा। इससे उन्हें कुछ ढांढस हुआ। लेकिन क्या नाम कि स्त्री का हृदय कुछ अटपटा होता है। एकाएक बोल उठी - मुझे तुम्हारे ऊपर विश्वास नहीं आता। कौन जाने, तुम वहाँ कैसे हो जाओ। कहीं तुम कुछ गड़बड़ न कर बैठो। मैंने तुरन्त समझाया - प्राणप्रिये, मुझे तुम्हारे प्रेम में पगे लगभग 45 साल हुए। क्या तुम समझती हो कि इतने दिनों में जो रंग जमा है, वह दो-चार दिन में फीका पड़ जायेगा? कहीं तुम्हारा ख्याल है? बोली - क्या जाने भाई, तुम मर्दों का हाल कौन जाने? यहाँ तो ऐसी मीठी-मीठी

बातें करते हो, वहाँ जाकर क्या जाने क्या कर बैठो? मैं वहाँ थोड़ी बैठी रहूँगी कि तुम्हारी देखभाल करती रहूँ। मैं तो एक ही सरियत पर जाने दूँगी कि तुम गंगाजल हाथ में लेकर कहो कि वहाँ कुछ गड़बड़-सड़बड़ न करूँगा। मैं मन में हँसा और गंगाजल लेकर कसम खाई। तब जाके पण्डिताइन का चित्त शान्त हुआ।

चलने को तो चला; लेकिन मेरा हृदय भी काँपता था। प्रयाग तक मेरा मन ठिकाने रहा; लेकिन तब फिर भी बम्बई का कहीं पता न चला, तो मुझे रोना आ गया। भगवान! यह तो कालापानी है। दिनभर चला, बम्बई नदारद। रात-भर चला, बम्बई नदारद। समझ गया कि काशी में मरना न बदा था। मजे से गंगास्नान करता था, विश्वनाथ के दर्शनों का पुन्न लूटता था और धेली बारह आने कहीं न कहीं से पीट ही लाता था और यहाँ गाड़ी में बैठे न जाने किस लोक में चले जा रहे हैं। इतनी दूर तो चन्द्रमा भी न होंगे। मुझे भ्रम हो गया कि यात्री और रेल कर्मचारी सब मुझे धोखा दे रहे हैं। बम्बई जरूर पीछे छूट गई। बारे, कोई दस बजे बम्बई का नाम सुना। जान आई। देखा, तो यजमान सेठजी मेरा स्वागत करने के लिए खड़े थे। उन्होंने पालागन किया; मगर असीस कौन देता है, यहाँ तो चोला भसम हो रहा था। मैंने ब्रह्मतेज से गरजकर कहा - तुमने मुझे लिखा क्यों नहीं कि बम्बई लंका के पास है? अभी तक जल नहीं ग्रहण किया। प्राण छटपटा के निकलने जा रहा था; बारे मैंने योगबल से रोक लिया। मैं झूठ बोल रहा था। मैं रास्ते भर फलाहारी खाता रहा और रेल से उतरकर पानी पीता चला आ रहा था; लेकिन ऐसे यजमानों के सामने अपने नेम का डंका बजा देना फलदायक होता है। सेठजी ने दौड़कर मेरी अधारी कंधे पर रखी और लगे घिघियाने - महाराज, क्षमा किया जाये, मैं क्या जानता था कि महाराज को बम्बई...।

मैंने फिर डाँटा - महाराज को बम्बई से क्या सम्बन्ध? अपने लोग तीर्थस्थानों में रहते हैं कि राक्षसों के देश में? यहाँ वह रहे, जो धन का लोभी हो। हम ब्राह्मणों को अपना धर्म प्यारा है।

इस डाँट से सेठजी की नानी मर गई। बाहर आये तो मोटर खड़ी थी। बैठकर यजमान के घर चले। वाह रे बम्बई वहाँ तो आदमी पागल हो जाये। सड़कें न जाने क्यों इतनी चौड़ी बनाई हैं। हमारी चौखंभेवाली कितनी गुलजार गली है कि वाह! यहाँ की सड़कें हैं कि बालेमियाँ का मैदान है। मगर बम्बई का हाल फिर लिखेंगे। इस वक्त तो सेठजी के संकट की कथा कहनी है, जिसके लिए हम इतनी दूर से पुलाये गये हैं। संकट यह कि सेठजी के पौ-बारह हो जायें। मामला गहरा है, कोई डेढ़ लाख का। मैंने यह वृत्तान्त सुनकर ऐसा गम्भीर मुँह बनाया, मानो सब कुछ मेरे हाथ में है। फिर बोला - सेठजी, आप जो है सो मेरे

यजमान हैं और मुझे जो कुछ विद्या आती है, उसमें कुछ उठा न रखूंगा। और यह आप जानते हैं कि मुझे किसी बात से ममता नहीं रही। ब्राह्मण को धन से क्या प्रयोजन? धन चाहता तो अब तक लाखों बटोर लेता। कितने यजमान मेरे अनुष्ठानों से करोड़पति हो गये, लखपतियों की तो गिनती ही नहीं। मैं वही ब्राह्मण का ब्राह्मण बना हूँ। तो बात क्या है, हम ममता को पास नहीं आने देते। साढ़े सात सौ कोस से ही ललकारते हैं, खबरदार जो इधर मुँह किया! हाँ बात इतनी है कि अनुष्ठानों में पैसे खर्च होते हैं। अगर यही अनुष्ठान विधिपूर्वक करूँ तो डेढ़-दो सौ से कम न खर्च होंगे। यह समझ लीजिए।

लेकिन मैं इस 65 साल की अवस्था में भी पोंगा ही रहा। मैंने डेढ़-दो सौ अपनी समझ में बहुत कहे थे। इससे ऊँचे जाने की मुझे हिम्मत ही न पड़ी। कभी इतना बड़ा शिकार तो फँसा नहीं था। उसके दाँव-घात क्या समझता? सेठजी का मुँह लटक गया। उन्होंने दस-बारह हजार का अनुमान किया था। डेढ़-दो सौ सुनकर मेरी सारी प्रतिष्ठा उनके हृदय पट से निकल भागी। क्या स्वर्ण संयोग दिया था भगवान् विश्वनाथ ने लेकिन तकदीर खोटी है तो उनका क्या बस? दस हजार कह देता तो जन्मभर के लिए अयाच्य हो जाता। बोलते-बोलते बोला क्या? डेढ़ दो सौ! धत् तेरे पोंगापन का सत्यानाश हो! अब तो यही जी चाहता है कि जाकर समुद्र में कूद पड़ूँ। उसी दिन एक दूसरे घोंघानाथ शास्त्री के नाम तार गया। अब यह पूरा आकर इन सेठजी को मूँड़ेगा। 20 हजार से कम न लेगा; लेकिन अब पछताने से क्या होता है! फिर भी मैंने सोचा, बला से मैं नहीं पा रहा हूँ। कोई दूसरा क्यों ले जावे? मेरा क्या? यह धर्म नहीं है कि अपने यजमान की इन लुटेरों से रक्षा करूँ? बोला, मैंने केवल सामग्री का मूल्य दिया। दक्षिणा मैं लेता नहीं। एक हजार रुपये विप्रो की दीक्षा भी समझ लीजिए।

सेठ बोले - उससे कोई मतलब नहीं, वह तो यहाँ से अलग दिया जायेगा। आपकी सामग्री तो कुल (200) की होगी?

मैंने कहा - बस, इससे अधिक नहीं। हाँ, ऐसे लोगों को भी जानता हूँ जो इसी अनुष्ठान के लिए 10 हजार, 15 हजार तक ले लेंगे। लगेगा तो ढाई-तीन सौ, शेष अपने पेट में ठूँस लेंगे। इसलिए ऐसे धूर्तों से सचेत रहिएगा।

लेकिन सेठ के कण्ठ तले यह बात न फंसी। बोला - यह आप क्या कहते हो शास्त्रीजी? गुड जितना डालो उतना ही मीठा पकवान होगा। आपका अनुष्ठान (200) का है। आप कीजिए। लेकिन बिना बड़े अनुष्ठान के मेरा काम न चलेगा।

अब भी मुझे अपना उल्लू फाँसने का मौका था। कह सकता था, सेठजी, आपका काम तो छोटे अनुष्ठान से ही निकल सकता है, लेकिन आपकी इच्छा है तो मैं महा-महा मृत्युंजय-पाठ और ब्रह्म-प्रवीक्षक क्रिया भी कर सकता हूँ। हाँ, उसमें कोई साढ़े तेरह हजार का खर्च है; मगर यह तो अब सूझ रही है। उस वक्त अक्ल पर पत्थर पड़ गया था। मेरी भी विचित्र खोपड़ी है। जब सूझती है, अवसर निकल जाने पर। हाँ, मैंने यह निश्चय कर लिया कि पंडित घोघानाथ को बिना दस-पाँच घिस्से दिये न छोड़ूँगा। या तो बेटा से आधा रखा दूंगा या फिर यही बम्बई के मैदान में हमारी उनकी ठनेगी। वह विद्वान होंगे। यहाँ सारी जवानी अखाड़े में कटी है। भुरकुस निकाल दूँगा।

अपनी इस पिछिल-सूझता पर पछता रहा था कि डाकिया एक तिकोना सा बैरंग लिफाफा लाकर मुझे दे गया। समझ गया, पण्डिताइन की कृपा है। आज यह पत्र हाथ में लेकर मुझे सचमुच उनकी याद आ गई। बेचारी ने मेरे साथ 45 साल काट दिये, और मैं बराबर उसे बातों में टालता रहा। आँखें सजल हो गई। पत्र खोला। लिखा था - स्वस्ति श्री सर्व उपमा योग... सो तुम जाय के बम्बई में बैठि हौ, कान में तेल डारिकै। हमका रोज सपना दिखात है। डरन के मारे नींद नहीं आवति है। कतों तुम कुछ गड़ूबीड़् न करि बैठो, यही चिन्ता में हमारा परान सूखा जात है। तुम कहिहौ हम 65 साल के होए गएन, अब का जन्म भर गड़बड़े करत रहिबे। मुला सुनित हे, बैदन सब अइस-अइस बिरवा निकारेन हैं कि आहिका खायके मनई बौराय जात है। एक बैद झाँसी माँ है, एक और कतों है। तुम्हारा हाथ जोरित है, तुम कौनो औखद न खायो। तुम गंगाजल उठाय के जौन परन किह्यौ आहिका निबाह करै का परी। हम तुमका साँड़ न बनै देब।

लीजिए साहब, अब मैं साँड़ हो गया। कमर सीधी होती नहीं, डेढ़ सेर मलाई भी नहीं पचाये पचती, और वहाँ पण्डिताइन मुझे साँड़ बना रही हैं। सो यहाँ भी अपनी ही भूल है। मैं पण्डिताइन के सामने अपनी जवाँमरदी और पुरुषार्थ की डीग मारा करता हूँ। वह गऊ क्या जाने, यह लबाड़िया है। मैं जो कुछ कहता हूँ उसे ब्रह्मवाक्य समझ बैठती है और उसका यह फल है। इस यात्रा में संभवतः मेरी दृष्टि कुछ सूक्ष्म हो रही है।

3

क्या नाम कि जब मैंने देखा कि अब तो मुझसे भूल हो ही गई और बहुत खींचतान करने पर भी दो सौ से बेशी न मिलेंगे, तो मैंने सोचा, लाओ और कुछ न सही तो इसके सौ-पचास रुपये भोजनों में ही बिगाड़ दो। यह भी क्या समझेगा कि किसी से पाला पड़ा था। बस, मैंने शंकर भगवान् का सुमिरन किया और विनती की - हे उमापति, अब तुम्हीं

मेरी रक्षा करो, मैं तो अब प्राणों से हाथ धोकर भोजन पर जुटता हूँ। नाश्ता आया तो मैंने कह दिया - मुझे आपके महाराज के हाथ की बनी चीजों में कोई स्वाद नहीं आता, मुझे तो आप सामग्री दे दीजिए, मैं अपना भोजन आप पका दूंगा। भंडारी ने कहा - जैसी आपकी इच्छा, जो आज्ञा हो वह हाजिर करूँ। मैंने नाश्ते का नुस्खा बताया - सवा सेर ताजा मक्खन, आध सेर बादाम, आध सेर पिश्ते, आधा तोला केसर सेर भर सूजी और सेर भर शक्कर। भंडारी मेरा मुँह ताकने लगा। मैंने कहा - मुँह क्या ताकते हो, क्या बाँधकर ले जाने को माँगता हूँ? जाकर चटपट लाओ। बस मैंने थोड़ी भंग का गोला चढ़ाया और विश्वनाथ का नाम लेकर हलवा बनाने बैठ गया। शंकर की दया से ऐसा स्वादिष्ट पदार्थ बना कि क्या कहूँ। पालथी मारके जो बैठा, तो आधा घंटे में साफ। मक्खी के लिए भी न बचा। भंडारी के होश उड़ गये। दोपहर को मैंने फिर पूरियाँ पकाई। आधोआध मोयन देकर। रात को कुछ खाने की इच्छा न होने पर भी मैंने सवा सेर मलाई बढ़ा ली।

लेकिन अब यह जवानी तो है नहीं कि ईंट-पत्थर जो पेट में पहुँच जाय, वह सब भस्म। तीसरे ही दिन मुझे उदर-विकार के लक्षण दिखे। मैंने सोचा - यहाँ किसी से कहता हूँ तो सब यही कहेंगे कि ब्राह्मण की जात, खाने के पीछे प्राण दे रहा है। इसलिए मुहल्ले ही में एक डॉक्टर के पास कोई पाचक-बटी लेने चला गया। बड़ा भारी मकान, मोटर, फोन। मैंने अपना परिचय दिया तो डाक्टर ने मुझे गौर से देखा और बोले - काशी से आता है?

मैंने कहा - हाँ साहब, विश्वनाथजी आपको प्रसन्न रखें, यहाँ कुछ भोजन प्रकृति के अनुकूल न मिलने के कारण पाचन भूषित हो गया है। कोई औषधि प्रदान कीजिए।

डॉक्टर मुझे एक अलग कमरे में ले गया और एक मेज़ पर लेटाकर मेरा पेट टटोलने लगा। फिर सीने की परीक्षा की, पीठ ठोंकी, आँखें देखी, जीभ निकलवाकर परीक्षा ली। इस तरह कोई आध घंटे तक मेरी दलेल करने के बाद बोला - वेल पंडितजी, आपको कुछ टी.बी. का आसार मालूम देता है। आपको उसका दवाई करना होगा। हम टी.बी. का इसपिसलिस्ट हैं। आपको अच्छा करने सकता है; पर आपको अभी एक दूसरा डॉक्टर के पास अपने खून का मुलाहजा कराना होगा। बिना खून देखे हम कुछ नहीं कर सकता। हम आपको चिट्ठी देता है। आप डॉक्टर सूबेदार के पास जाये। वह चौपाटी में रहता है। हम चिट्ठी देता है। आपके ब्लड का मुलाहजा करके हमको लिखेगा।

मेरे होश फाखता हो गये। पंडिताइन की याद आई। भगवान, क्या बम्बई में मेरी मिट्टी की दुर्दशा करोगे। आया था कि कुछ कमाकर जाऊँगा; सो यहाँ जान पर बीता चाहती है। अभी काशी से चला हूँ तो कोई बात न थी। खासा साठा-पाठा बना हुआ था कि बम्बई का पानी खराब है, और कुछ नहीं। दुबे बिजयानन्द ने कहा था, बम्बई का पानी खराब है, जरा संभलकर रहना। लेकिन यह क्या जानता था कि दस-पाँच दिन में ही सिल धरे लेता

है; लेकिन अब पछताये क्या होता है? चलो, लहू भी दिखा लो, और फिर डर किस बात का है। मर ही तो जायेंगे। यहाँ अमर कौन है। जरा कच्ची गिरस्ती है; यही चिन्ता है। अगर जानता कि अन्त इतना निकट है तो पिछले दो लड़के क्यों होते और तीसरा गर्भ क्यों रहता। लेकिन हरि की इच्छा। तुलसीजी ने कहा भी तो है -

सुत बनतादि जानि स्वारथरत न करु नेह सबही ते,
अतुंहँ तोहि तजेंगे पामर, तू न तले अबही ते।

मैं यहाँ से चला तो दिल बहुत छोटा हो गया था; लेकिन डॉक्टर साहब ने तुरन्त टोका - हमारा फीस 32 रु. हुआ सेठजी के पास बिल भेज देगा न?

अगर अब तक यमराज न आये थे, तो अब आ गये, 32 रु फीस! जो उमर में कभी नहीं दी! बैद, डॉक्टर को अमीर लोग पैसा देते है। हम शंकर के उपासक तो केवल आशीर्वाद से काम निकालते हैं। काशी में जब कभी काम पड़ता था, डॉक्टर चौधरी, डॉक्टर बनर्जी, डॉ. सेठ आदि जिसके पास चला गया, दवाई ले आया, ऊपर से रुपये-आठ आने विदाई झटक लाया और यहाँ जरा सी परीक्षा ली तो 32 रु. फीस। आँखों तले अँधेरा छा गया; लेकिन फिर सोचा, अब तो मर ही रहे हो, रुपये पैसे के माया-मोह में क्यों पड़े हो। 32 रु. खर्च हुए तो हुए, मालूम तो हो गया कि तपेदिक हो गया है। नहीं यों ही एक दिन चल देते, किसी को पता न चलता। दवा-दारु करने की नौबत ही न आती। भला, दवा करने का अवसर मिल गया। और आदमी कमाता ही किस लिए है। लेकिन यह पूछ लेना आवश्यक मालूम हुआ कि डॉ. सूबेदार को तो कुछ न देना पड़ेगा? अतएव मैंने इस विषय का प्रश्न किया।

डॉक्टर साहब जोर से हँसे। बोले - तुम काशी का विद्वान लोग बड़ा मजाक करता है। काशी के एक पंडित को दक्षना देने से सब पंडित तो नहीं परसन हो जाएगा। बोलो?

हमने कलेजा थामकर पूछा - तो उनकी क्या फीस होगी?

'उसका फीस केवल 10 रु है।'

मैंने मन से कहा - चलो मन, यह 10 रु की गम खाओ। बम्बई में जो कमाना है, वह सब देकर भी प्राण बचे तो समझना चाहिए, नया जीवन पाया। नहीं यार बैठे-बैठे टें हो जायेंगे, कोई रोनेवाला भी न मिलेगा। उस वक्त ऐसा वैराग्य सवार हुआ कि सब छोड़-छाड़कर निकल भागूं, कबीर का वह पद याद आया जिसे पढ़कर मैं कभी-कभी हँसा करता था। धूर्तताई में जीवन कट गया। अब इस काया की क्या दुर्दशा होगी भगवान -

दिवाने मन भजन बिना दुख पैहो।

पहिला जनम भूत का पैहो, सात जनम पछतैहो;

कीरा पर के पानी पैहो, प्यासन ही मरि जैहो।

दूजा जनम सुवा का पैहो, बाग बसेरा लैहो;

टूटे पंख बाज मँडराने अधफड़ प्रात गँवैहो,

बाजीगर के बानर होइहौ, लकड़िन नाच नचैहो;

उँच-नीच के हाथ पसरिहौ, माँगे भीख न पैहो।

तेलिन के दर बैला होईहौ, आँखिन ढाँप ढपैहो;

कोस पचास घरै माँ चलिहौ, बाहर होन न पैहो

पाँचवाँ जनम ऊँट का पैहो, बिन तोले बोझ लदैहो;

बैठो जो उठन न पैहो, धुरच-धुरच मारि जैहो।

धोबी घाट के गदहा होइहौ, कटी घास न पैहो;

लादी लादि आपु चढ़ बैठे लैके घाट पहुँचैहो।

आखिर यहां कहना पड़ा कि हाँ सेठजी के पास बिल भेज देना। फिर वहाँ का पता पूछता हुआ डॉक्टर सूबेदार के पास पहुँचा। कोई दस बज गये थे, पेट में मीठा-मीठा दर्द होने लगा था; लेकिन सोचा, इस झमेले से निबट लो, फिर विश्वनाथजी की जैसी इच्छा होगी, वह तो होगा ही।

डॉ. सूबेदार युवक से लगते, कोट-पैण्ट से लैस। मैंने पत्र जो दिया, आपने ले जाकर भीतर के कमरे में लेटा दिया और ऐसे जोर से मेरी बाँह में सुई चुभो दिया कि मैं ऐंठेकर रह गया। बाँह में से रक्त निकल पड़ा। उसने एक शीशे की नलकी में ले लिया और मेरी बाँह में कुछ पोतकर एक तीसरी कोठरी में जाकर न जाने क्या करता रहा। फिर आकर बोला - वेल पंडितजी, आपके ब्लड में टी. बी. का जर्म दिखाई देता है। आपको किसी पहाड़ पर जाना होगा, और वहाँ आराम से रहना होगा। आपको पढ़ना-लिखना बन्द करना होगा, लेकिन अभी हम कुछ ठीक-ठीक नहीं कह सकता, आप डॉ. घोड़ेपुरकर के पास जाओ, वह आपका यूरीन देखेगा। उसका रिपोर्ट लेकर तब हम अपना रिपोर्ट देगा। तब आप डॉक्टर लम्पट के पास जायेगा। फिर वह जो कुछ कहेगा, वह आपको करना होगा।

मेरे बदन में आग लग गई। जी में तो आया, मारूँ गोली इन डॉक्टरों को और चलकर दो पैसे की हड़ मँगवाकर उसकी फंकी फाँक लूं। मरना ही बदा है, तो सारी दुनिया के डॉक्टर भी तो नहीं जिला सकते; लेकिन जान का लोभ बड़ा बलवान होता है। उनकी चिट्ठी लेकर पता पूछता हुआ चला डॉक्टर घोड़ेपुरकर के पास। इसने मुझसे एक चोंगे में लघुशंका करवाई और बड़ी देर तक न जाने क्या करता रहा। फिर मुझे रिपोर्ट लिखकर दी और कहा - डॉ. सूबेदार के पास जाइए। सूबेदार के पास फिर पहुँचा, तो तीन बज गये थे। आपने अपनी रिपोर्ट दी, तो आया डॉ. लम्पट के पास। डॉक्टर लम्पट ने दोनों रिपोर्टों को बड़े आन से देखा और बोले - मेरा अनुमान ठीक था पण्डितजी, आपको टी. बी. हो गया है।

मैंने सजल-नेत्र होकर पूछा - तो मैं मर जाऊँगा?

'नहीं, नहीं, हम आपको मरने नहीं देगा। आपको पहाड़ पर रहना होगा। अच्छा भोजन करने से आप बच सकता है। आपको अण्डों का सेवन करना होगा।'

मैंने कानों पर हाथ रखकर कहा - क्या कहा, अण्डों का? मैं अण्डे हाथ से नहीं छू सकता, खाने की कौन कहे!

'ओह! यह सब आरथोडॉक्सी यहाँ नहीं चलेगा। तुमको अण्डे खाना होगा।

'अण्डे मैं किसी तरह नहीं खा सकता।'

'तुम मर जायेगा'

'कोई चिन्ता नहीं।'

'हम दवाई देता है, इसे तो पी सकता है?'

'न! अब न कोई दवा खाऊँगा; न किसी डॉक्टर के पास जाऊँगा।'

यह कहकर मैं सेठजी की कोठी पर लौट आया। दिन-भर जो कुछ भोजन न किया था, तो भूख चमचमा उठी थी। बूटी छानी, शौच गया और फिर खूब डटकर भोजन किया।

सहसा सेठजी घबड़ाये हुए आये और पंडितजी से बोले - क्या आपका मुलाहजा किया था लम्पट साहब ने? आपको टी. बी. बताते हैं!

मैंने कहा - वह आपके घर आने का पुरस्कार है, और क्या!

'आप आज ही काशी चले जाइए।'

'मैं बिना अनुष्ठान पूरा किये नहीं जा सकता।'

'नहीं, नहीं, कोई दरकार नहीं, आप इसी नौ बजे की गाड़ी से चले जाएँ।'

मैंने उस की घबराहट देखी तो समझ गया, वह ब्रह्महत्या से डर रहा है। बस फिर क्या था। मेरी लह गई।

मैंने कहा - बिना अनुष्ठान पूरा किये लौट जाने से मेरे प्राणों का भय है। इसका उपचार करने में कम से कम एक हजार का खर्च हैं। मैं वह कहाँ से लाऊँगा। फिर मरने से क्या डरना! यही मर जाऊँगा, तो क्या चिंता!

सेठजी काँपते हुए बोले - नहीं पण्डितजी, आपका जो कुछ खर्च पड़े, वह लीजिए और आज ही चल दीजिए।

बस मुनीम बुलाये गये और फिर सौ-सौ के दस नोट मेरे चरणों पर रख दिये। मैंने विश्वनाथजी को धन्यवाद दिया, नोट गाँठ में किये और टी. बी. को ऐसा भूला कि वह भी मुझे भूल गया।

4

क्या नाम कि मैं जहाँ जाता हूँ वहीं कुछ न कुछ लोग मेरे पीछे पड़ जाते हैं, और आ-आकर मुझे दिक करते हैं। बम्बई में भी भले आदमियों से गला नहीं छूटा। यह तो होता नहीं कि आकर एक मोहर मेरे चरणों पर रखें और तब अपनी कथा सुनायें। बस आकर लगते हैं अपनी कथा सुनाने चाहते हैं कि मैं सेंत-सेंत में उन्हें अनुष्ठान बता दूँ। यहाँ उल्लू नहीं हैं। सुनने को सुन लेते हैं, लेकिन अनुष्ठान बताने के लिए पचासों बार दौड़ाते हैं, ऐसा पदाते हैं, कि वह भाग खड़ा होता है। जब कोई डॉक्टर सेंत-मेंत में किसी रोगी को नहीं देखता, कोई वकील सेत में कोई मिसिल नहीं छूता तो में क्यों सेंत में अपनी विद्या लुटता फिरूँ वह विद्या क्या है, यह मैं जानता हूं उसी तरह जैसे वकील और डॉक्टर अपनी विद्या को जानते हैं; लेकिन भाई, एक-दूसरे का पर्दा क्यों खोलो। संसार उसका है, जो उसे बेवकूफ बनाये, जिसे यह कला नहीं आती, वह कौड़ी का तीन है।

कल भंग-बूटी से निपटकर मलाई पर हाथ साफ कर रहा था कि एक सज्जन आकर बैठ गये। कोट, पैंट, कॉलर, बूट, हैट, खासे साहब बहादुर थे। चेहरा लटका हुआ, मानो पत्नी मर गई हो। बोले - आपका नाम पंडित मोटेराम शास्त्री है?

मैंने कहा - हाँ, मेरा ही नाम है। कहिए, आपकी क्या सेवा करूँ?

साहब बहादुर ने जेब से रुमाल निकाला और सिर का पसीना पोंछते हुए कहा - मैं बड़े संकट में पड़ गया हूँ महाशय! कुछ अक्ल काम नहीं करती। अब आप ही बेड़ा पार लगाइए, तो लगे।

मेरे हृदय में गुदगुदी हुई। यह तो कोई शिकार मालूम होता है। बोला - भगवान की दया से सारी बाधाएँ दूर हो जायेगी, कुछ चिन्ता मत कीजिए।

'क्या कहूँ महोदय, कहते संकोच हो रहा है।'

'संकोच की कोई बात नहीं, सन्तान तो मेरी मुट्ठी में है। कहिए तो बालकों से आपका दर भर दूँ। बस एक अनुष्ठान...'

'जी नहीं, बालकों से तो मुझे प्रेम नहीं। मैं सन्तान विरोधी हूँ।'

'अच्छा, तो क्या धन की इच्छा है?'

'धन की इच्छा किसे न होगी; लेकिन इस वक्त मैं इस हेतु से आपकी सेवा में नहीं आया था।'

'तो कहो ना? पौष्टिक अनुष्ठानों की भी मेरे पास कमी नहीं। चूर्ण, अवलेह, गोली, भस्म, आसव, क्वाथ, किसी चीज के सेवन करने की आवश्यकता नहीं, बस पाँच बार उस मंत्र का जाप करके सो जाइए, फिर उसकी करामात देखिए।'

'मैं इस समय एक दूसरे ही काम से सेवा में आया था।'

'मुझे कुछ निराशा होने लगी। हत्थे पर चढ़नेवाला नहीं जान पड़ता। फिर भी मैंने दिलासा दिया - जो इच्छा हो वह निस्संकोच कहो।

उसने पूछा - आप उसमें अपना अपमान तो न समझेंगे?

अब मेरे कान खड़े हुए, उत्सुकता और बढ़ी।

'अपमान की बात होगी, तो अवश्य अपमान समझूँगा।'

'बात यह है कि कल संध्या समय मेरे माता-पिता देश से आ गये हैं।'

'बहुत अच्छी बात है, तुम्हें उनका आदर-सत्कार करना चाहिए।'

'लेकिन करूँ कैसे यह समझ में नहीं आता। कल से उन्होंने भोजन नहीं किया!'

'भोजन नहीं किया! यह तो बड़ा अनर्थ है। कुछ उदर विकार हो गया है? मैं आयुर्वेद भी जानता हूँ।'

'नहीं-नहीं शास्त्रीजी, वह तो आपसे भी भारी डीलडौल के हैं।'

'भारी डीलडौल के लोग क्या बीमार नहीं पड़ते?'

पड़ते होंगे; पर फादर कभी बीमार नहीं पड़ते और मदर के सिर में तो कभी दर्द भी नहीं हुआ।

'तो वह और आप, दोनों भाग्यवान है।'

'समस्या यह है कि वे दोनों ही बड़े नेम से रहते है।'

बड़े हर्ष की बात है। आप वास्तव में भाग्यशाली हैं।'

'लेकिन वह मेरे खानसामा के हाथ का भोजन तो नहीं कर सकते!'

'तो एक-दो दिन तुम्हारी स्त्री ही भोजन पका लेगी तो क्या छोटी हो जायेगी? सास-ससुर की सेवा करना ही स्त्री का परम धर्म है।'

मैं इसे नहीं स्वीकार करता, महोदय। बुरा न मानिएगा। आप सौ बरस की पुरानी बात कह रहे हैं। सास-ससुर को ऐसी जरा-जरा-सी बातों के लिए पुत्र और पुत्रवधू को संकट में न डालना चाहिए। समय बहुत आगे बढ़ गया है। अब ऐसे माता-पिता के लिए स्थान नहीं रहा।'

'यह आप बहुत ठीक कह रहे हैं; लेकिन जब माता-पिता दो ही चार दिन के लिए आये हैं, तो स्त्री को थोड़ा-सा कष्ट भी हो तो सह लेना चाहिए।' इस पर सज्जन ने कुछ भौंहें सिकोड़कर कहा - लेकिन भोजन पकाने का उन्हें बिलकुल अभ्यास नहीं है, श्रीमान! जब कभी खानसामा बैठा रहता है, तो हम लोग होटल में खा लेते हैं। एक बार घर में रुपये न थे, और होटल में नगद दाम देना पड़ता है; इसलिए स्त्री ने सोचा, कुछ पका लें, तो साहब, आटा ऐसा हो गया जैसे गाढ़ा दूध और चावल जलकर कोयला हो गया। उस पर तीन दिन श्रीमतीजी के सिर में दर्द होता रहा। हारकर हमें फाका करना पड़ा। तो साहब, फिर वह विपत्ति नहीं मोल लेना चाहता। न-जाने क्यों होटल में खाना खाते इन लोगों की नानी मरती है। मैं इसे उनकी कोरी जिद समझता हूँ। माँ-बाप हैं, क्या कहूँ। क्या आप इतनी कृपा न करेंगे कि एक-दो दिन जब तक वह लोग यहां रहें, उनका भोजन पका दें आपको कष्ट तो होगा, लेकिन आप ब्राह्मण हैं और ब्राह्मण को परोपकार के लिए अपने कष्ट की परवाह नहीं होती।

मेरा खून खौल उठा। जी में आया, उठा के पटक दूँ लेकिन मैंने सब्र किया। क्या कदर की है आपने ब्राह्मण की! और मजा यह कि इस मूर्ख को मुझसे ऐसी बात कहते, संकोच भी न हुआ। मुझे चुप देखकर उसने कहा - क्या बुरा मान गये?

मैंने कहा - नहीं, बुरा क्या मानूँगा, लेकिन आपने इस काम के लिए किसी पानी-पाँड़े को पकड़ा होता, मुझे आप शायद नहीं जानते।

उसने कहा - मैं आपको खूब जानता हूँ आप काशी के शास्त्री हैं। जब मैं होस्टल में था तो एक काशी के शास्त्री मेरे सहपाठी थे। वह बराबर अपना भोजन आप पकाया करते

थे, और जब कभी हमारे मेस का रसोइया बीमार पड़ जाता या भाग जाता तो वह मेरा भोजन पका देते थे और आग्रह करके खिलाते थे। इसलिए मैंने आपसे यह प्रार्थना की।

मेरे पास इसका क्या जवाब था। पुरखों ने जो कुछ किया है, उसका तावान तो देना ही पड़ेगा।

मैंने कहा - आपकी इच्छा है तो मैं चलकर भोजन बना दूंगा। लेकिन एक शर्त है, अगर आप उसे स्वीकार करें।

'कहिए, कहिए, आप जो कुछ कहेंगे वह मुझे स्वीकार है। आपने आज मेरी लाज रख ली।

'मैं रसोई में बैठकर बताता जाऊँगा, काम श्रीमतीजी को करना पड़ेगा।'

'लेकिन उनके सिर में दर्द हुआ तब?'

'उसकी मेरे पास दवा है। सिर में चक्कर आ जाये, आँखों के सामने अँधेरा छा जाये, मैं बात की बात में अच्छा कर सकता हूँ।'

'और जो उन्हें गर्मी लगे?'

'आप खड़े पंखा झलते रहिएगा।'

'और उन्होंने क्रोध में आकर आपको कुछ कह दिया?'

'तो मुझे भी क्रोध आ जायेगा और क्रोध में मैं लाट साहब को भी कुछ नहीं समझता। हाँ, इतना कह देता हूँ कि इसके बाद उन्हें फिर कभी क्रोध न आयेगा।'

'और जो उन्होंने बहस शुरू कर दी? उनकी दलीलों का आप जवाब दे सकते है?'

'वाह-! और मैंने उम्र-भर किया क्या है? पहले तो दलील का जवाब दलील से देता हूँ। जब इससे काम नहीं चलता तो हाथ-पाँव से भी काम ले लेता हूँ। कितने ही शास्त्रार्थों में सम्मिलित हुआ हूँ और कभी परास्त होकर नहीं आया। बड़े-बड़े महामहोपाध्यायों को गुड़-हल्दी पिलाकर छोड़ दिया।'

सज्जन ने एक क्षण तक विचार किया और फिर आने का वादा करके चले गये। तब से अब तक सूरत नहीं दिखाई।

***

प्रेम की होली

गंगी का सत्रहवीं साल था, पर वह तीन साल से विधवा थी, और जानती थी कि मैं विधवा हूँ। मेरे लिए संसार के सुखों के द्वार बन्द हैं। फिर वह क्यों रोये और कलपे ? मेले से सभी तो मिठाई के दोने और फूलों के हार लेकर नहीं लौटते? कितनों ही का तो मेले की सजी हुई दुकानें और उन पर खड़े नर-नारी देखकर ही मनोरंजन हो जाता है। गंगी खाती-पीती थी, हँसती-बोलती थी, किसी ने उसे मुँह लटकाये, अपने भाग्य को रोते नहीं देखा। घड़ी रात को उठकर गोबर निकालकर, गाय बैलों को सानी देना, फिर उपले पाथना, उसका नित्य का नियम था। तब वह अपने भैया को गाय दुहने के लिए जगाती थी। फिर कुएँ से पानी लाती, चौके का धंधा शुरू हो जाता। गाँव की भावजें उससे हँसी करती, पर एक विशेष प्रकार की हँसी छोड़कर। सहेलियाँ ससुराल से आकर उससे सारी कथा कहती, पर एक विशेष प्रसंग बचाकर। सभी उसके वैधव्य का आदर करते थे। जिस छोटे-से अपराध के लिए उसकी भावज पर कुर्सियों पड़ती, उसकी माँ को गतलइयाँ मिलती, उसके भाई पर मार पड़ती, वह उसके लिए क्षम्य था। जिसे ईश्वर ने मारा है, उसे क्या कोई मारे! जो बातें उसके लिए वर्जित थी उनकी ओर उसका मन ही न जाता था। उसके लिए उसका अस्तित्व ही न था। जवानी के इस उमड़े हुए सागर में मतवाली लहरें न थी, डरावनी गरज न थी, अचल शान्ति का साम्राज्य था।

2

होली आयी, सबने गुलाबी साड़ियाँ पहनी। गंगा की साड़ी न रंगी गई। माँ ने पूछा - बेटी, तेरी साड़ी भी रंग दूँ? गंगी ने कहा - अम्मा, यों ही रहने दो। भावज ने फाग गाया। वह पकवान बनाती रही। उसे इसी में आनन्द था।

तीसरे पहर दूसरे गाँवों के लोग होली खेलने आये। यह लोग भी होली लौटाने जायेंगे। गाँवों में यही परस्पर व्यवहार है। मैकू महतो ने भंग बनवा रखी थी, चरस-गाँजा, माजून सब कुछ लाये थे। गंगी ने ही भंग पीसी थी, मीठी अलग बनाई थी, नमकीन अलग। उसका भाई पिलाता था, वह हाथ धुलाती थी। जवान सिर नीचे किये पीकर चले जाते, हे गंगी से पूछ लेते - अच्छी तरह हो न बेटी, या चुहल करते - क्यों री गंगिया, भावज तुझे खाना नहीं देती क्या, जो इतनी दुबली हो गई है! गंगिया हँसकर रह जाती। देह क्या उसके बस की थी। न-जाने क्यों वह मोटी हुई थी।

भंग पीने के बाद फाग गाने लगे। गंगिया अपनी चौखट पर खड़ी सुन रही थी। एक जवान ठाकुर गा रहा था। कितना अच्छा स्वर था, कैसा मीठा! गंगिया को बड़ा आनन्द आ रहा था। माँ ने कई बार पुकारा - सुन जा, वह न गई। एक बार गई भी तो जल्दी से लौट आई। उसका ध्यान उसी गाने पर था। न जाने क्या बात उसे खींचे लेती थी, बाँधे लेती थी। जवान ठाकुर भी बार-बार गंगिया की ओर देखता और मस्त हो-होकर गाता। उसके साथ वालों को आश्चर्य हो रहा था। ठाकुर को यह सिद्धि कहाँ मिल गई! वह लोग बिदा हुए तब भी गंगिया चौखट पर खड़ी थी। जवान ठाकुर ने भी उसकी ओर देखा और चला गया।

गंगिया ने अपने बाप से पूछा - कौन गाता था दादा?

मैकू ने कहा - कोठार के बुद्धू सिंह का लड़का है, गरीब सिंह। बुद्धु रीति-व्यवहार में आते-जाते थे। उनके मरने के बाद अब वही लड़का आने-जाने लगा।

गंगी - यहाँ तो पहले-पहल आया है?

मैकू - हाँ, और तो कभी नहीं देखा। मिज़ाज बिलकुल बाप का-सा है और वैसी ही मीठी बोली है। घमंड तो छू नहीं गया, बुद्धु के बखार में अनाज रखने की जगह न थी, पर चमार को भी देखते तो पहले हाथ उठाते। वही इसका स्वभाव है। गोरू आ रहे थे। गंगी पगहिया लेने भीतर चली गई। वही स्वर उसके कानों में गूँज रहा था।

कई महीने गुजर गये। एक दिन गंगी गोबर पाथ रही थी। सहसा उसने देखा, वही ठाकुर सिर झुकाये द्वार पर से चला जा रहा था। वह गोबर छोड़कर उठ खड़ी हुई। घर में कोई मर्द न था। सब बाहर चले गये थे। यह कहना चाहती थी - ठाकुर! बैठो, पानी पीते जाव। पर उसके मुख से बात न निकली। उसकी छाती कितने जोर से धड़क रही थी। उसे एक विचित्र घबराहट होने लगी - क्या करे, कैसे उसे रोक ले। गरीब सिंह ने उसकी ओर एक बार ताका और फिर आँखें नीची कर ली। उस दृष्टि में क्या बात थी कि गंगी के रोएँ खड़े हो गये। वह दौड़ी घर में गई और माँ से बोली - अम्माँ, वह ठाकुर जा रहे हैं, गरीबसिंह। माँ ने कहा - किसी काम से आये होंगे। गंगी बाहर आई तो ठाकुर चला गया था। वह फिर गोबर पाथने लगी, पर उपले टूट-टूट जाते थे, आप ही आप हाथ बन्द हो जाते, मगर फिर चौंककर पाथने लगती, जैसे कहीं दूर से उसके कानों में आवाज आ रही हो। वही दृष्टि आँखों केर सामने थी। उसमें क्या जादू था? क्या मोहिनी थी? उसने अपनी मूक भाषा में कुछ कहा। गंगी ने भी कुछ सुना। क्या कहा? यह वह नहीं जानती, पर वह दृष्टि उसकी आँखों में बसी हुई थी।

रात को लेटी तब भी वही दृष्टि सामने थी। स्वप्न में भी वही दृष्टि दिखाई दी।

फिर कई महीने गुजर गये। एक दिन सभा समय मैकू द्वार पर बैठे सन कात रहे थे और गंगी बैलों को सानी चला रही थी कि सहसा चिल्ला उठी - दादा, दादा, ठाकुर।

मैकू ने सिर उठाया तो द्वार पर गरीबसिंह चला आ रहा था। राम-राम हुआ।

मैकू ने पूछा - कहाँ गरीबसिंह ! पानी तो पीते जाव।

गरीब आकर एक माची पर बैठ गया। उसका चेहरा उतरा हुआ था। कुछ वह बीमार-सा जान पड़ता था।

मैकू ने कहा - कुछ बीमार थे क्या?

गरीब - नहीं तो दादा!

मैकू - कुछ मुँह उतरा हुआ है, क्या सूद-ब्याज की चिन्ता में पड़ गये?

गरीब - तुम्हारे जीते मुझे क्या चिन्ता है दादा!

मैकू - बाकी दे दी ना।

गरीब - हाँ दादा, सब बेबाक कर दिया।

मैकू ने गंगी से कहा - बेटी जा, कुछ ठाकुर को पानी पीने को ला। भैया हो तो कह देना चिलम दे जाये।

गरीब ने कहा - चिलम रहने दो दादा! मैं नहीं पीता।

मैकू - अबकी घर ही तमाकू बनी है, सवाद तो देखो। पीते तो हो?

गरीब - इतना बेअदब न बनाओ दादा। काका के सामने चिलम नहीं छुई। मैं तुमको उन्हीं की जगह देता हूँ।

यह कहते-कहते उसकी आँखें भर आई। मैकू का हृदय भी गद्गद् हो उठा। गंगी हाथ की टोकरी लिये मूर्ति के समान खड़ी थी। उसकी सारी चेतना, सारी भावना, गरीब सिंह की बातों की ओर खिंची हुई थी! उसमें और कुछ सोचने की, और कुछ करने की शक्ति न थी। ओह! कितनी नम्रता है, कितनी सज्जनता, कितना अदब।

मैकू ने फिर कहा - सुना नहीं बेटी, जाकर कुछ पानी पीने को लाव ! गंगी चौंक पड़ी। दौड़ी हुई घर में गई। कटोरा मांजा, उसमें थोड़ी-सी राब निकाली। फिर लोटा-गिलास माँजकर शर्बत बनाया।

माँ ने पूछा - कौन आया है गंगिया?

गंगी - वह है, ठाकुर गरीब सिंह। दूध तो नहीं है अम्मां, रस में मिला देती।

माँ - है क्यों नहीं, हाँड़ी में देख।

गंगी ने सारी मलाई उतारकर रस में मिला दी और लोटा गिलास लिये बाहर निकली। ठाकुर ने उसकी ओर देखा। गंगी ने सिर झुका लिया। यह संकोच उसमें कहाँ से आ गया?

ठाकुर ने रस पिया और राम-राम करके चला गया।

मैकू बोला - कितना दुबला हो गया!

गंगी - बीमार है क्या?

मैकू - चिन्ता है और क्या? अकेला आदमी है, इतनी बड़ी गृहस्थी, क्या करे।

गंगी को रात-भर नींद नहीं आई। उन्हें कौन-सी चिन्ता है। दादा से कुछ कहा भी तो नहीं। क्यों इतने सकुचाते हैं। चेहरा कैसा पीला पड़ गया है।

सवेरे गंगी ने माँ से कहा - गरीबसिंह अबकी बहुत दुबले हो गये हैं अम्मां।

माँ - अब वह बेफिक्री कहीं है बेटी। बाप के ज़ुमाने में खाते थे और खेलते थे। अब तो गिरस्ती का जंजाल सिर पर है।

गंगी को इस जवाब से सन्तोष न हुआ। बाहर जाकर मैकू से बोली - दादा, तुमने गरीबसिंह को समझा नहीं दिया - क्यों इतनी चिन्ता करते हो?

मैकू ने आँखें फाड़कर देखा और कहा - जा, अपना काम कर।

गंगी पर मानो वज्रपात हो गया। यह कठोर उत्तर और दादा के मुँह से। हाय! दादा को भी उनका ध्यान नहीं। कोई उनका मित्र नहीं। उन्हें कौन समझेगा! अबकी वह आयेंगे तो मैं खुद उन्हें समझाऊँगी।

गंगी रोज सोचती - वह आते होंगे, पर ठाकुर न आये। फिर होली आई। फिर गाँव में फाग होने लगा। रमणियों ने फिर गुलाबी साड़ियाँ पहनी। फिर रंग दोला गया मैकू ने भंग, चरस, गांजा मँगवाया। गंगी ने फिर मीठी और नमकीन भंग बनाई! द्वार पर टाट बिछ गया। व्यवहारी लोग आने लगे। मगर कोठार से कोई नहीं आया। शाम हो गई। किसी का पता नहीं! गंगा बेकरार थी। कभी भीतर जाती, कभी बाहर आती। भाई से पूछती - क्या कोठारवाले नहीं आये? भाई कहता - नहीं। दादा से पूछती - भंग तो नहीं बची, कोठारवाले आवेंगे तो क्या पीयेंगे। दादा कहते - अब क्या रात को आवेंगे, सामने तो गाँव है। आते होते तो दिखाई देते।

रात हो गई, पर गंगी को अभी तक आशा लगी हुई थी। वह मन्दिर के ऊपर चढ़ गई और कोठार की ओर निगाह दौड़ाई। कोई न आता था।

सहसा उसे उसी सिवाने की ओर आग दहकती दिखाई दी। देखते-देखते ज्वाला प्रचण्ड हो गई। यह क्या! वहाँ आज होली जल रही है। होली तो कल ही जल गई। कौन

जाने वहाँ पण्डितों ने आज होली जलाने की सायत बताई हो। तभी वे लोग आज नहीं आये। कल आयेंगे।

उसने दर आकर मैकू से कहा - दादा, कोठार में तो आज होली जली है।

मैकू - दुत् पगली! होली सब जगह कल जल गई।

गंगी - तुम मानते नहीं हो, मैं मन्दिर पर से देख आई हूँ। होली जल रही है। न पतियाते हो तो चलो, मैं दिखा दूँ

मैकू - अच्छा चल देखूं।

मैकू ने गंगी के साथ मन्दिर की छत पर आकर देखा। एक मिनट तक देखते रहे। फिर बिना कुछ बोले नीचे उतर आये।

गंगी ने कहा - है होली कि नहीं, तुम न मानते थे?

मैकू - होली नहीं पगली - चिता है। कोई मर गया है। तभी आज कोठारवाले नहीं आये।

गंगी का कलेजा एक-से हो गया। इतने में किसी में नीचे-से पुकारा - मैकू महतो, कोठार के गरीबसिंह गुजर गये।

मैकू नीचे चले गये, पर गंगी वहीं स्तम्भित खड़ी रही। कुछ खबर न रही - मैं कौन हूँ कहाँ हूँ। मालूम हुआ जैसे गरीबसिंह उस सुदूर चिता से निकलकर उसकी ओर देख रहा है - वही दृष्टि थी, वही चेहरा। क्या उसे वह भूल सकती थी? उस दिवस से फिर कभी होली देखने नहीं गई। होली हर साल आती थी, हर साल उसी तरह भंग बनती थी, हर साल उसी तरफ फाग होता था, हर साल अबीर-गुलाल उड़ती थी, पर गंगी के लिए होली सदा के लिए चली गई।

***

यह भी नशा, वह भी नशा

होली के दिन राय साहब पण्डित घसीटेलाल की बारहदरी में भंग छन रही थी कि सहसा मालूम हुआ, जिलाधीश मिस्टर बुल आ रहे हैं। बुल साहब बहुत ही मिलनसार आदमी थे और अभी हाल ही में विलायत से आये थे। भारतीय रीति-नीति के जिज्ञासु थे, बहुधा मेले-ठेलों में जाते थे। शायद इस विषय पर कोई बड़ी किताब लिख रहे थे उनकी खबर पाते ही यहाँ बड़ी खलबली मच गई सबके सब नग-धड़ंग , मूसरचन्द बने भंग छान रहे थे। कौन जानता था कि इस वक्त साहब आयेंगे फुर-से भागे, कोई ऊपर जा छिपा, कोई घर में भागा, पर बिचारे राय साहब जहाँ के तहाँ निश्चल बैठे रह गये। आधा घंटे में तो आप काँख कर उठते थे और घंटे भर में एक कदम रखते थे, इस भागदौड़ में कैसे भागते। जब देखा कि अब प्राण बचने का कोई उपाय नहीं हे, तो ऐसा मुँह बना लिया मानो वह जान बूझकर इस स्वदेशी ठाठ से साहब का स्वागत करने को बैठे हैं साहब ने बरामदे में आते ही कहा - हलो राय साहब, आज तो आपका होली है?

राय साहब ने हाथ बाँधकर कहा - सरकार, होली है

बुल - खूब लाल रंग खेलता है?

राय साहब - हाँ सरकार, आज के दिन की यही बहार है।

साहब ने पिचकारी उठा ली। सामने मटकों में गुलाल रखा हुआ था। बुल ने पिचकारी भरकर पण्डितजी के मुँह पर छोड़ दी तो भी पण्डितजी नहीं उठे। धन्य भाग। कैसे यह सौभाग्य प्राप्त हो सकता है। वाह रे हाकिम। इसे प्रजावत्सल कहते हैं। आह ! इस वक्त सेठ जोखनराम होते तो दिखा देता कि यहाँ जिला में अफसर इतनी कृपा करते हैं। बताये आकर कि उन पर किसी गोरे ने भी पिचकारी छोड़ी हैं, जिलाधीश का कहना ही क्या। यह पूर्व-तपस्या का फल है, और कुछ नहीं। कोई पहले एक सहस्र वर्ष तपस्या करे, तब यह परम पद पा सकता है। हाथ जोड़कर बोले - धर्मावतार, आज जीवन सफल हो गया। जब सरकार ने होली खेली है तो मुझे भी हुक्म मिले कि अपने हृदय की अभिलाषा पूरी कर लूं।

यह कहकर राय साहब ने गुलाल का एक टीका साहब के माथे पर लगा दिया।

बुल - इस बड़े बरतन में क्या रखा है, राय साहब?

राय - सरकार, यह भंग है। बहुत विधिपूर्वक बनाई गई है हुजूर।

बुल - इसके पीने से क्या होगा?

राय - हुजूर की आँखें खुल जायेंगी। बड़ी विलक्षण वस्तु है सरकार।

बुल - हम भी पीयेगा।

राय साहब को जान पड़ा मानो स्वर्ग के द्वार खुल गये हैं और वह पुष्पकविमान पर बैठे ऊपर उड़े चले जा रहे हैं। गिलास तो साहब को देना उचित न था, पर कुल्हड़ में देते संकोच होता था। आखिर बहुत ऊँच-नीच सोचकर गिलास में भंग उँडेली और साहब को दी। साहब पी गये। मारे सुगन्ध के चित्त प्रसन्न हो गया।

दूसरे दिन राय साहब इस मुलाकात का जवाब देने चले। प्रातःकाल ज्योतिषी से मुहूर्त पूछा। पहर रात गये साइत बनती थी, अतएव दिन-भर खूब तैयारियाँ की। ठीक समय पर चले। साहब उस समय भोजन कर रहे थे। खबर पाते ही सलाम दिया। राय साहब अन्दर गये तो शराब की दुर्गन्ध से नाक फटने लगी। बेचारे अंग्रेजी दवा न पीते थे, अपनी उम्र में शराब कभी न छुई थी। जी में आया कि नाक बन्द कर लें, मगर डरे कि साहब बुरा न मान जाये। जी मचला रहा था, पर साँस रोके बैठे हुए थे। साहब ने एक चुस्की ली और ग्लास मेज पर रखते हुए बोले - राय साहब, हम कल आपका बंग पी गया, आज आपको अमारा बंग पीना पड़ेगा। आपका बंग बहुत अच्छा था। हम बहुत-सा खाना खा गया।

राय - हुजूर हम लोग मदिरा हाथ से भी नहीं छूते। हमारे शास्त्रों में इसको छूना पाप कहा गया है।

घुल - (हँसकर) नहीं, नहीं, आपको पीना पड़ेगा राय साहब! पाप, पुन कुछ नहीं है। यह हमारा बंग है, वह आपका बंग है। कोई फरक नहीं है। उससे भी नशा होता है, इससे भी नशा होता है, फिर फरक कैसा?

राय - नहीं, धर्मावतार, मदिरा को हमारे यहाँ वर्जित किया गया है।

बुल - ऐसा कभी नहीं हो सकता। शास्त्र मना करेगा तो इसको भी मना करेगा, उसको भी मना करेगा, अफीम को भी मना करेगा। आप इसको पियें, डरें नहीं। बहुत अच्छा है।

यह कहते हुए साहब ने एक ग्लास में शराब उड़ेलकर राय साहब के मुँह में लगा ही तो दी। राय साहब ने मुँह फेर लिया और आंखें बन्द करके दोनों हाथों से साहब का हाथ हटाने लगे। साहब की समझ में यह रहस्य न आता था। वह यही समझ रहे थे कि यह डर के मारे नहीं पी रहे हैं। अपने मजबूत हाथों से राय साहब की गर्दन पकड़ी और गिलास मुँह की तरफ बढ़ाया। राय साहब को अब क्रोध आ गया। साहब खातिर सब कुछ कर सकते थे, पर धर्म नहीं छोड़ सकते थे। जरा कठोर स्वर में बोले - हुजूर, हम वैष्णव है। हम इसे छूना भी पाप समझते हैं।

राय साहब इसके आगे और कुछ न कह सके। मारे आवेश के कंठावरोध हो गया। एक क्षण बाद जरा स्वर को संयत करके फिर बोले - हुजूर, भंग पवित्र वस्तु है। ऋषि, मुनि, साधु, महात्मा, देवी, देवता सब इसका सेवन करते हैं। सरकार, हमारे यहाँ इसकी बड़ी महिमा लिखी है। कौन ऐसा पण्डित है, जो बूटी न छानता हो। लेकिन मदिरा का तो सरकार हम नाम लेना भी पाप समझते है।

बुल ने ग्लास हटा लिया और कुर्सी पर बैठकर बोला - तुम पागलों का माफिक बात करता है। धर्म का किताब बंग और शराब दोनों को बुरा कहता है, तुम उसको ठीक नहीं समझता। नशा को इसलिए सारा दुनिया बुरा कहता है कि इससे आदमी का अकल खत हो जाता है। तो बंग पीने से पण्डित और देवता लोग का अकल कैसे खप्त नहीं होगा, यह हम नहीं समझ सकता। तुम्हारा पण्डित लोग बंग पीकर राक्षस क्यों नहीं होता। हम समझता है कि तुम्हारा पण्डित लोग बंग पीकर खप्त हो गया है, तभी तो वह कहता है, यह अछूत है, वह नापाक है, रोटी नहीं खायेगा, मिठाई खायेगा। हम छू ले तो तुम पानी नहीं पीयेगा। यह सब खप्त लोगों की बात। अच्छा सलाम।

राय साहब की जान में जान आई, गिरते-पड़ते बरामदे में आये, गाड़ी पर बैठे और घर की राह ली।

***

www.ingramcontent.com/pod-product-compliance
Ingram Content Group UK Ltd.
Pitfield, Milton Keynes, MK11 3LW, UK
UKHW022023041026
15591UKWH00012B/467

9 798171 828899